未亡人だけ

葉月奏太

マドンナメイト文庫

マンションの穴　5
性獣　45
昔の女　83
風鈴の家　123
霧に濡れるふたり　161
夜桜ワルツ　207
未亡人だけ　253

マンションの穴

1

七月に入り、いよいよ暑さも本番だ。異様に湿度が高く、なにもしなくても汗がじんわり滲んだ。

岩戸富彦(いわととみひこ)はマンションの一階にある自室に戻ると、汗にまみれた青いツナギを脱ぎ捨てた。

トランクスとランニングシャツだけになると、冷蔵庫から発泡酒の缶を取り出して、いきなりグビグビと半分ほどを喉に流しこんだ。

「プハァッ、うめぇっ」

思わず唸ると、手の甲で口もとを拭った。

　富彦はこのマンションの住みこみ管理人だ。以前は家電メーカーの下請け工場で働いていたが、昨年末に五十八歳で早期退職した。しかし、次の職も探さずブラブラしていたため、嫁に三下り半を突きつけられた。相談せずに辞めたのが、そもそもの原因だった。

　家を追い出されて途方に暮れていたとき、公園で拾った新聞の求人欄でマンション管理人の募集を見つけた。ダメ元で電話をかけてみると、その日のうちに面接が行なわれて、とんとん拍子で採用が決まった。前に働いていた人が急病でつづけられなくなったらしい。そんな偶然が重なり、富彦は二カ月前から管理人になった。

　給料は安いが住みこみなので家賃はかからないし、楽そうだと高をくくっていた。ところが、管理人という仕事は想像以上に大変だった。

　清掃、保守点検、来訪者への対応など、雑用が山ほどある。五階建て全四十六戸の小規模マンションで、これほど忙しいとは思いもしなかった。手を抜けば、すぐに住人から管理会社に苦情が入る。とにかく、気の休まる暇がなかった。

（いやぁ、今日も疲れたなぁ）

仕事のあとに飲む酒だけが楽しみだ。ぼんやりテレビを眺めながら、次々と発泡酒を空けていった。

それにしても暑い。エアコンはあるが、電気代が高いのでなるべく使いたくなかった。薄くなった頭頂部まで汗だくで、トランクスとランニングシャツも不快に湿って肌に張りついていた。

ついつい酒の量が増えてしまう。気づくとテーブルの上は空き缶だらけになっていた。買い置きの発泡酒を全部飲んでしまった。

(クソ、もっと買っとけばよかったな)

冷蔵庫を覗きこんで舌打ちする。そのとき、住人のひとりに缶酎ハイをもらったことを思い出した。管理人室の奥に休憩室があり、そこのミニ冷蔵庫に入れたはずだ。

(面倒だけど取りに行くか)

さっそく短パンを穿き、サンダルを突っかけて管理人室に向かった。

すでに日は落ちているのに蒸し暑い。管理人室の鍵を開けると、奥の休憩室に直行した。四畳半の和室で横になって休めるが、実際はそんな時間など取れなかった。

暗いが室内の様子は把握している。わざわざ電気をつけるまでもなく、手探りでミニ冷蔵庫のドアを開き、缶酎ハイを摑んだ。その直後、

「あっ……」

どこからか微かに女性の声が聞こえた。

(なんだ?)

ドキリとして肩をすくめる。そして、無意識のうちに耳を澄ましていた。

「はン……」

音量は小さいが、やはり女性の声だった。

隣はマンションの談話室になっている。主に理事会の集会に使われているが、個人でも有料で安く借りられるので、昼間は習い事の教室を開いている住人もいた。

今日は月に一度の理事会の日だ。

理事会は二年ごとの持ちまわりで、三人の理事とひとりの監査で運営されている。すでに夜十時をまわっているが、珍しく盛りあがっているのだろうか。

暗がりのなかで壁に視線を向けると、カラーボックスの陰から明かりが漏れていた。

（……ん？）

恐るおそるカラーボックスの裏を覗きこむ。すると、談話室に面した壁に、小さな穴を発見した。

（なんだ、これは？）

いったい、いつから穴が開いていたのだろう。あとで塞いでおかないといけないと思ったそのとき、

「あンっ」

またしても女性の声が聞こえた。

妙に艶めいた響きが想像力をかきたてる。富彦は缶酎ハイを畳の上に置くと、音を立てないように注意して、カラーボックスを動かした。

直径わずか数ミリの穴から光が漏れている。富彦は吸い寄せられるようにして、片目を穴に寄せていった。膝を畳につくことで、ちょうど目の高さが一致した。

（おっ！）

あやうく出かかった声を懸命に呑みこんだ。

濃紺のカーペットが敷かれた二十畳ほどの談話室に、男と女が横たわっていた。

至近距離で二人を真横から眺める角度だ。男は今年の理事長である広河博也（ひろかわひろや）、黒

髪セミロングの女性は監査の野水美知だった。

(どうして……あの二人が?)

富彦は思わず喉をゴクリと鳴らした。

仰向けになった美知は、夏らしいレモンイエローのフレアスカートに、白い半袖シャツを纏っている。しかもシャツの前は大きく開いており、純白のブラジャーに包まれた乳房が露出していた。

広河は女体の向こう側で添い寝している。グレーのスラックスを穿き、ワイシャツにネクタイを締めていた。当然ながら他に人影は見当たらない。理事会はとうに終わったのだろう。

(これって、やっぱり……)

二人がただならぬ関係なのは、男を見あげる美知の甘えきった瞳が物語っていた。

明らかに不倫だ。互いに既婚者でありながら、それぞれの伴侶が近くにいるマンション内で密会している。その大胆さに驚かされた。

管理人室には前の管理人が作った入居者名簿が残されているので、住人の情報はある程度わかっている。美知は二十九歳の新妻で子供はなく、入居して半年ほどだ。近所のコンビニでレジ打ちのパートをしていると、備考欄に書き加えられていた。

広河は菱丸商事に勤務する四十二歳のエリートサラリーマンで、五年前に転勤のため引っ越してきたらしい。やはり妻との間に子供はいなかった。

「博也さん……」

美知が催促するように囁くと、広河はブラジャーを押しあげた。すると、張りのある乳房がまろび出て、タプンッと大きく波打った。

白くて染みひとつない双つの膨らみが、柔らかそうに揺れている。先端では淡いピンクの乳首が愛撫を期待するように屹立していた。

「もうこんなに硬くして、触ってほしいのかな？」

広河は低い声で語りかけて、いきなり乳首をそっと摘んだ。人差し指と親指でクニクニと転がし、さらには乳房をこってり揉みまわした。

「はンンっ、そ、それ……ああっ」

美知の唇から喘ぎ声が溢れて響き渡った。

スカートに包まれた下肢をしきりにくねらせる。そして、もう待ちきれないとばかりに片手を伸ばして、スラックス越しに男根を撫ではじめた。

（あの奥さん、昼間は気取ってるのに……）

富彦は心のなかでつぶやき、さらに片目を壁の穴に押しつけていった。

「ふっ……仕方ないな」

広河が服を脱ぎ捨てて、反り返ったペニスを剝き出しにした。すると、美知が慣れた様子で指を太幹に巻きつけてしごきはじめた。

広河は彼女のシャツとブラジャーを取り去り、スカートも脱がしていく。さらには白いパンティもするりと引きおろせば、小判形に手入れされた陰毛が現れた。

「こんなに濡らして、待ちきれなかったみたいだね」

美知が一糸纏わぬ姿になると、広河が覆いかぶさった。

「あ、当たって……ああンっ！」

美知の唇から、ひときわ甘い声が迸る。広河の腰の動きから、ペニスで貫かれたのは明らかだった。

「こ、これよ、博也さんのこれが欲しかったの」

「旦那さんに悪いと思わないのかい？」

「だって、うちの人、出張ばっかりだから……ああっ」

男根の抽送に翻弄されて、美知が腰をくねらせた。

夫は仕事が忙しく、夜の生活がおざなりになっているのだろう。だからといって、マンション内でダブル不倫をするとは驚きだった。

（ったく、なんて女だ……）

富彦は腹のなかで毒づきながら、股間をパンパンに膨らませていた。離婚のショックですっかり元気がなくなっていたが、久々に雄々しく硬くなった。

美知が乳房を揺らして、股間をしゃくりあげるたび、男根の先端から我慢汁が溢れてしまう。ほとんど無意識のうちに、短パンの上から太幹を摑んでしごいていた。

「うちの奴とは大違いだな」

「ふふっ、朝香（あさか）さんはマグロなんでしょう？」

よりいっそう腰をくねらせて、美知が優越感に浸った笑みを浮かべた。

「つまらない女だよ。もう何カ月も抱いてないな」

自分の妻のことを悪く言いながら、他の女と乳繰（ちちく）り合っている。広河はエリートサラリーマンらしいが、性悪で最低の男だった。

（なんでこんな奴がモテるんだ）

富彦は苛立ちながらも興奮していた。声を漏らさないように奥歯を食い縛り、男根をさらにしごきまくった。

「ようし、そろそろいくぞ」

「ああッ、来て、わたしも、もう……」

「おおおッ……おおおおッ」

「は、激しいっ、あああッ、あああッ」

二人の声が大きくなる。見られているとも知らず、息を合わせて桃源郷への急坂を駆けあがった。

「み、美知さんっ、くううううッ！」

富彦が腰を思いきり叩きつけると、呻きながら全身を力ませた。

「い、いいっ、わたしも、あぁああああああッ！」

夫以外の精液を注がれて、美知も女体をビクビクと震わせる。両腕を広河の首に巻きつけると、両脚も男の腰に絡めていった。

(な、なんていやらしいんだ……うぬうううッ！)

覗いていた富彦も、たまらず精液をぶちまけた。トランクスのなかが熱くなる。奥歯を強く嚙んで、溢れそうになった声をなんとか抑えこんだ。

もう立っていられず、富彦は畳の上に横たわった。最高の射精で頭の芯まで痺れていた。

（そういえば……）

胸を喘がせながら、呆けた頭でふと思った。

前の管理人は心臓を悪くして辞めたという。もしかしたら、たくさんのそういった場面を目にして興奮しすぎたのかもしれない……。

2

翌朝、富彦はいつもどおりツナギを着て、マンションの玄関まわりを竹箒で掃いていた。

脳裏に浮かぶのは、やはり昨夜のことだ。

まさか他人の情事を、しかも不倫現場を目撃するとは思いがけない体験だった。住人の秘密を握った背徳感に、震えるほど興奮した。男根が久しぶりに元気を取り戻したのも嬉しい誤算だった。

（昨日はついてたな）

回想してにやけていると、スーツを着た広河が現れた。

「おはようございます」

とっさに表情を引き締めて挨拶する。ところが、広河はまるで聞こえていないように、富彦の前を素通りした。毎朝のことだが、態度のでかい嫌な男だった。

「あなた……」

広河の妻である朝香が、慌てて飛び出してきた。

毛先が少しカールしたダークブラウンの髪が、朝の光を受けて輝いている。朝香は三十五歳の専業主婦だ。焦げ茶のフレアスカートにボーダーのTシャツ、その上に胸当てのある赤いエプロンをつけている。むちむちに熟れた身体は富彦の好みだった。

「あなた、忘れ物です」

どこかおっとりしている朝香だが、夫のために懸命に走ってきたのだろう。ところが、広河は礼も言わず、差し出された茶封筒を不機嫌そうに受け取った。

そこにタイミングが悪いことに美知がやってきた。

「あら、奥さん、おはようございます」

舌足らずな声で挨拶すると、意味深な笑みを浮かべて広河のもとに駆け寄った。

「ご出勤ですか。わたし、今からパートなんです。途中までごいっしょさせてください」

なにも知らなければ、さほど気にならなかったかもしれない。だが、昨夜の光景を目撃している富彦には、美知の態度がどこか勝ち誇っているように見えた。

「いってらっしゃい」

振り返らない二人に手を振る朝香が憐れだった。

もしかしたら、夫と美知の不倫に気づいているのではないか。朝香の暗い表情が気になった。

「あ……管理人さん、おはようございます」

富彦の視線を感じたらしく、慌てて笑みを浮かべる。そんな彼女がますます痛々しく映った。

夫とは正反対で、朝香は必ず笑顔で挨拶してくれる。以前、缶酎ハイをお裾分けしてくれたのも彼女だ。朝香は心やさしいのに、夫は不倫をしている。その現場を偶然とはいえ目撃してしまい複雑な気分だった。

3

昼になり、富彦は管理人室でカップラーメンを食べていた。暑さも限界で、いよいよ汗がとまらなくなった。

「水ようかん、いかがですか？」

声が聞こえて小窓を見やると、朝香が立っていた。

「よかったら召しあがってください」

差し出された水ようかんを、富彦は遠慮せずに受け取った。

「こりゃどうも。奥さんもごいっしょにどうですか？」

一応、声をかけてみる。すると、彼女は意外なことに頷いた。

迷った末、奥の休憩室に案内する。窓のない四畳半の和室で暑苦しいが、管理人室よりは広い。電気をつけて、向かい合って座った。

「じゃ、いただきます」

富彦は水ようかんを頬張りながら、目の前の朝香を盗み見た。

フレアスカートで横座りして、裾からストッキングを穿いていない素足が覗いている。足首が締まっており、足指はすらりと細かった。

Tシャツの首もとがうっすら汗ばんでいた。人妻の色香がむんむん漂っている。

汗でぬらつく首を、思いきり舐めまわしたい衝動に駆られた。

昨夜は、この部屋で広河と美知の行為を覗いて、自慰行為に耽ったのだ。そのことを思い出すだけで、ペニスがずくりと疼いた。

「管理人さんはご存じなのですよね？」

朝香はふいにつぶやき、富彦の目をまっすぐ見つめてきた。静かだが、確信に満ちた声だった。

「……え？」

「夫と美知さんのことです」

突然すぎて言葉を返せない。富彦はなにか言わなければと思いつつ、結局黙りこんでしまった。

「今朝の管理人さんの様子でわかりました。主人と美知さんの後ろ姿を、むずかしい顔で見ていたから」

朝香は不思議なほど穏やかに微笑んだ。

「不倫している二人を怒っていたんですよね？　わたしの気持ちを理解してもら

えた気がして嬉しかったです」

夫への不満を相談できる相手がいなかったらしい。こんなことを話すのは初めてだとつぶやき、朝香は噛み締めるように睫毛を伏せた。

「な、なんて言ったらいいのか……とにかく、俺は奥さんの味方だよ」

富彦は焦るあまり、思わず彼女の手を取ってしまった。

「あ……」

朝香の唇から小さな声が漏れた。それでも、彼女は手を引こうとしなかった。

(これは、もしかしたら……)

昨夜の広河と美知の会話を思い出す。朝香が夫に何カ月も抱かれていないのは明らかだ。男に触れられるのは、きっと久しぶりなのだろう。

「奥さん、俺が……お、俺が……」

富彦は手を握ったまま、じりじりと距離を詰めた。

まずいと思っても、もう自分をとめられない。彼女の肩に手をまわすと、いきなり唇を奪っていた。

「ダ、ダメです――ンンっ」

腕のなかで女体が悶える。そうやって抵抗されるほど気分が盛りあがった。肩をしっかり摑み、柔らかい唇を舐めまわした。さらには舌をねじこんで、甘い口内をしゃぶりまくった。

「はンっ、い、いや、ンンンっ」

朝香はとっさに首をねじって逃れようとする。だが、富彦も執拗に追いまわして、強引なディープキスをしかけていった。

人妻の舌をからめとっては、思いきり吸いあげる。甘露のような唾液をたっぷり味わうと、反対に自分の唾液を注ぎこんだ。

「あンンっ」

朝香は胸板を押し返してくるが、無駄だとわかると諦めたように富彦の唾液を嚥下した。すると、急激に身体から力が抜けていった。

「も、もう……許してください」

唇を離すと、彼女は弱々しい声でつぶやいた。

Tシャツ越しに乳房を揉んでも抗うことなく、濡れた瞳で見あげてくる。男の腕力に怯えているのか、それとも逃げる機会をうかがっているのか。いや、もしかしたら強引なキスで感じたのかもしれない。とにかく、朝香は瞳をとろんと潤ませていた。

貞淑に見えるが、熟れた身体を持てあましているのかもしれない。夫に見向きもされず、つらい思いをしているに違いなかった。

「俺がたっぷり慰めてやるよ」

女体を畳の上に押し倒すと、富彦は添い寝の体勢になった。そして、すでに突っ張っている股間を、彼女の太腿にグリグリと押しつけた。

「ほら、わかるだろ。奥さんが色っぽいから、こんなに硬くなってるんだぞ」

「ひっ……い、いやです」

朝香は顔をそむけるだけで逃げようとしない。それどころか、目もとを桜色に染めている。久しぶりに男根の逞しさを感じて、女体を疼かせているのではないか。

「ここでのことは、二人だけの秘密だ」

富彦は彼女の耳もとで囁くと、いきなりTシャツをまくりあげた。見えてきたのはベージュのブラジャーだ。色気は薄いが人妻らしい生活感が漂っていた。

「ダメです……」

朝香は小声でつぶやくが抵抗しない。顔を横に向けたまま、じっとしていた。

それならばと、富彦はブラジャーを強引に押しあげにかかった。プルルンッとまろび出たのは、透けるように白くて、たっぷりした乳房だ。まだ触れてもいないのに、乳首が硬く尖り勃(た)っている。充血して濃い紅色になっているのが卑猥だった。

「こいつはすごい。もう我慢できないって感じだな」

　富彦は乳房をねっとり揉みしだき、蕩けるような柔肉に指をめりこませた。富彦にとっても久々の女だ。離婚のショックで愚息はすっかり元気をなくしていたが、朝香が相手なら何発でも発射できそうだった。

「あンっ、や、やめてください」

　朝香の声は弱々しい。指先で乳首を摘みあげると、途端にピクッと反応して、切なげな瞳を向けてきた。

「そ、そこは……はあンっ」

　充血した乳頭をクニクニと転がしてやる。すると、彼女は腰をよじり、こらえきれない艶めかしい声を放った。

「乳首が感じるんだな」

　わざと声をかけると、彼女は恥ずかしげに首を振りたくる。それでも、されるがままになっていた。

やはり刺激を求めていたのだろう。それなら、お望みどおりにするまでだ。富彦は一気にいただくつもりでスカートをずりさげた。

「あっ……」

朝香は狼狽して股間を手で覆った。その隙にスカートをつま先から抜き取り、さらにはパンティを引きちぎる勢いで脱がしていく。すると、チーズを思わせる濃厚な香りが漂ってきた。発情した牝の匂いに間違いなかった。

「手をどけるんだ」

富彦が命じると、朝香は首を振りたくる。だが、手首を摑むと、意外にも簡単に股間を晒してくれた。

こんもりとした肉厚の恥丘に、漆黒の陰毛が色濃く茂っている。形を整えている様子はなく、自然な感じでデルタ地帯を埋めつくしていた。

「ほほう……」

思わず唸ると、彼女は赤く染まった顔を両手で覆った。

「見ないでください、恥ずかしいです」

しきりに照れながら、それでも股間を晒しているのだから女というのはわからない。いずれにせよ、ここまで来て遠慮するつもりはなかった。富彦は彼女の下半身に移動すると、膝をグイッとばかりに押し開いた。

「おおっ！」

むっちりした白い内腿の付け根に、赤々とした女陰が息づいている。大量の華蜜で濡れそぼり、蛍光灯の明かりをヌラヌラと反射していた。

「こいつはうまそうだ」

内腿に両手をあてがい、人妻の股間に顔を寄せる。いきなり陰唇にむしゃぶりつき、華蜜を啜りながら舌先を膣口にねじこんだ。

「あああッ、い、いやぁっ」

朝香の唇から甘い嬌声（きょうせい）が迸った。それでも、富彦を突き放すことなく、両手で頭を抱えこんでくる。まるで自ら引き寄せるような格好になっていた。

（うまい、うまいぞっ）

人妻の果汁で喉を潤すほどに、ますます獣欲が昂ってくる。富彦はいつしか鼻息を荒らげながら、成熟した女陰をしゃぶりまくった。

「あっ、い、いやです、ああっ」

よほど欲求不満だったのか、とろみのある蜜が次から次へと溢れてくる。富彦は夢中になって飲みくだし、尖らせた舌で女壺をクチュクチュと掻きまわした。

「あンっ……ああンっ」

朝香は喘ぎ声を振りまき、腰を右に左にくねらせる。もはや感じていることを隠せなくなり、内腿を小刻みに震わせていた。

「もう我慢できないみたいだな」

富彦は体を起こすと、ツナギとトランクスを慌ただしく脱いでいった。股間から生えたペニスは、すでに青筋を浮かべてそそり勃っている。先端から溢れた大量の我慢汁が、張りつめた亀頭をぐっしょり濡らしていた。

「やっ……お、大きい」

朝香が驚いた様子で口もとに手をやった。しかし、怯えた瞳の奥には、期待の色も見え隠れしていた。

「旦那さんも他の女とやってるんだ。奥さんだって、たまには息抜きが必要だろ」

免罪符を与えて、女体に覆いかぶさっていく。亀頭の先端を陰唇に押し当てると、それだけで湿った音が休憩室に響き渡った。

「あンっ、で、でも……あああッ」

躊躇する彼女の声を無視して、男根をじわじわと前進させる。亀頭が二枚の陰唇を押し開き、柔らかくて熱い女壺のなかに入りこんだ。

「はうンンっ、む、無理です、お、大きすぎますっ」

朝香が顎を跳ねあげて、両手を胸板にあてがった。それと同時に巨大な亀頭が侵入した刺激で、膣口が反射的に収縮した。

「くおッ、き、きついっ」

いきなりカリ首を締めあげられる。膣襞も亀頭に絡みつき、凄まじい快感の波が押し寄せてきた。じっくり楽しむ余裕もなく、富彦は慌ただしくピストンを開始した。

「おおッ、す、すごい、おおおッ」

「あッ……あッ……そ、そんな、管理人さんっ」

カリで膣壁を擦りあげると、朝香が女体をビクビク震わせる。愛蜜の量がまたたく間に増えて、二人の股間はお漏らししたように濡れていった。

「ああンっ、ダ、ダメ……ダメなのに……」

胸板を押し返していた彼女の手は、いつの間にか富彦の腰を愛おしげに撫でている。朝香は罪悪感に駆られながらも、快楽に溺れはじめていた。

「感じてもいいんだぞ。旦那だって浮気してるんだ」

女体を抱きしめて、耳もとで囁きながら腰を使う。熟れた媚肉を力強く抉り立てると、彼女はついに両手を背中にまわしてきた。

「わ、わたし、夫以外の人と……ああッ」

眉を八の字に歪めて葛藤しているが、女壺は夫ではないペニスをしっかり食いしめている。しかも富彦のピストンに合わせて、股間をしゃくりあげていた。

「そんなに締めつけたら……おおおッ」

最後の瞬間が近づいている。さらに抽送速度をあげて、亀頭を膣奥に叩きこんだ。

「あああッ、は、激しすぎますっ」

朝香の声も切羽つまっている。両脚まで富彦の腰に絡ませると、自ら女壺の奥にペニスを迎え入れた。

「お、奥さんっ、ううッ、だ、出すぞ、ぬおおおおッ！」

ついに男根が思いきり脈動して、白濁液が勢いよく噴きあがった。

「はああッ、あ、熱いっ、ああッ、あぁあああああッ！」

朝香も同時に昇りつめていく。夫以外の男にしがみつき、背中を大きく反り返らせて、あられもない嬌声を響かせた。

心では夫を想っていても、逞しいペニスで貫かれたら感じてしまう。朝香は浮気とは無縁なはずの淑やかな人妻だが、女であることに変わりはなかった。

4

三日後の夜、臨時の理事会という名目で談話室が貸し出されていた。

しかし、理事会が開催されたのはつい先日だ。富彦はなにかあるとにらみ、休憩室に居座って壁の穴から談話室を覗いていた。

「美知さんを抱きたくて仕方なかったんだ」

「ああンっ、奥さんが知ったら怒りますよ」

案の定、広河と美知は姿を見せるなり抱き合った。

「あいつは鈍いから大丈夫さ。つまらない女だよ」

広河が朝香のことをこきおろせば、美知がジャケットを脱がしながら意地の悪そうな笑みを浮かべる。さらにネクタイを緩めてワイシャツのボタンを外すと、スラックスにも手を伸ばしていく。

（こいつら、また……）

不倫を楽しんでいる二人に苛立った。富彦は合鍵を摑んで飛び出すと、隣の談話室に乗りこんだ。

「おまえら、なにやってんだ」

いきなり怒鳴りつけると、広河は飛びあがって美知から離れた。しかし、すでにボクサーブリーフ一枚の姿で、言い逃れできない状態だった。

「ノ、ノックもせずに失礼じゃないか」

「不倫してるのはわかってんだぞ」

富彦が凄むと、広河は見るみる青ざめた。

「これが会社にばれたらどうなるか、試してみるか?」

とっさに出た言葉だったが、思いのほか効果があったらしい。普段は偉ぶっている男が、情けないほどガタガタ震えはじめた。

「ち、違う……か、勘違いだ」

「出世どころか、会社にも居づらくなるだろうな」

「ま、待て……待ってくれ」

ようやく自分の立場がわかってきたらしい。恐怖に顔が歪み、唇が血の気を失っていた。

「わ、わたしは関係ないから」

美知が血相を変えて、談話室から出ていった。

不倫相手を見捨てて逃げるとは薄情な女だ。こいつらの関係は、所詮そんなものだろう。

「話は管理人室で聞こうか」

声をかけると、広河は脱いだ服を掻き集めて素直についてきた。もう誤魔化せないと観念したのだろう。人目につかないように休憩室に連れこみ、パンツ一丁で畳の上に正座をさせた。

「困りますなぁ、談話室はラブホテルじゃありませんよ」

「す、すみません。どうか妻や他の人には……」

神妙な振りをしているが、どうも保身しか考えていない。妻や不倫相手のことは、まったく頭にないようだった。

「あんた、最低だよ」

富彦は吐き捨てると、内線電話で朝香を呼んだ。無理やり抱いてから避けられていたが、夫の不倫現場を押さえたことを伝えると、慌てた様子でやって来た。

「あ、あなた……」

朝香はパンツ一枚の夫を見て言葉を失った。それでも、涙目になりながら健気に頭をさげた。

「お、夫が……ご迷惑をおかけして、本当に申しわけございません」

謝罪の言葉を繰り返す妻の隣で、正座をした広河がうな垂れている。エリートだかなんだか知らないが、みっともないことこの上なかった。

「奥さんは談話室で待っててください。少し旦那さんと話があるんで」

こうなったら徹底的にやるつもりだ。朝香は不安げに眉を歪めたが、なにも言わず談話室に向かった。

「旦那さん、あんたは奥さんをつまらない女だとバカにしてたが、とんだ節穴だな」

不思議そうに見あげてくる広河の肩を押して、仰向けに転がした。そして、かたわらに落ちていたネクタイで足首をひとまとめに縛りあげた。

「な、なにを……」

「勝手にほどいたら、不倫のことを会社に報告するぞ」

自分でも驚くほどの脅し文句だ。手は自由なので、その気になれば逃げられる。だが、こいつの頭にあるのは保身だけだ。まず命令に逆らえないだろう。

「あんたの奥さんはいい女だ。そこの穴から指を咥えて見てるんだな」

そう言い放つと、富彦は朝香が待つ談話室に向かった。

「あ、あの、夫は……」

朝香が怯えた様子で声をかけてきた。談話室の真ん中で立ちすくむ姿が儚げだった。

「隣の部屋で反省してますよ。でも、奥さんの態度しだいでは、旦那さんの処遇も変わってきますがね」

富彦は話しながらツナギを脱いでいく。さらにランニングシャツとトランクスも取り去った。

「な、なにを……」

すでに屹立しているペニスを目の当たりにして、彼女は慌てた様子で視線を逸らした。

「奥さんがどんなにいい女性なのか、旦那さんに見せつけてやりましょう」

「ど……どういうことですか?」

朝香は声を震わせながらも逃げなかった。

夫の処遇を心配しているのか、得体の知れない管理人に恐怖しているのか、それとも密かに期待しているのか。いずれにせよ、人妻の運命は富彦が握っていた。

「ほら、壁に穴が開いてるだろ。じつは談話室から丸見えなんだよ」

壁の穴から広河が覗いているはずだ。富彦は視線を意識しながら朝香に歩み寄り、シャツの上から肩に触れた。

「ま、まさか……」

朝香が息を呑んだ。夫に見られていると知り、頰の筋肉がこわばっていく。ようやく状況を把握して、小さく首を振りたくった。

「ゆ、許してください……夫が見ているなんて……」

「仕返しをしてやればいいんだ。旦那だって、ここで浮気をしていたんだから」

シャツのボタンを外して奪い去ると、オフホワイトのブラジャーが露わになった。カップで寄せられた柔肉が、魅惑的な谷間を形作っていた。

スカートをおろせば、ブラジャーとセットのパンティが見えてくる。肉厚の恥丘の中央に縦溝がうっすら刻みこまれていた。

「ああっ、恥ずかしいです」

「さあ、旦那に見せてやるんだ」

　女体を抱き寄せて、背中に手をまわしていく。ホックを外すと、乳房の弾力でブラジャーが弾け飛ぶ。さらにパンティも引きおろして、人妻を裸にひん剝いた。

「逆向きで、俺の上に乗ってもらおうか」

　カーペットに寝転がって告げると、朝香は下唇をキュッと嚙んで自分の裸体を抱きしめた。

「で、できません」

「不倫のことが会社にばれたら、旦那は居場所がなくなるだろうなぁ」

　ひとりごとのようにつぶやけば、もう逃れられないと判断したのだろう。朝香はしきりに壁の穴を気にしながらも、おずおずと富彦の顔をまたいできた。

　逆向きに重なり、互いの股間に顔を寄せる格好だ。富彦は両手をまわしこんで尻たぶを摑むと、赤々とした淫裂にむしゃぶりついた。

「ああッ、や、やめてください」

「奥さんもやるんだ。人妻なんだから、どうすればいいのかわかるよな」

　強い口調で言えば、彼女の指が肉柱の根もとに絡みついてくる。そして、熱い吐息が亀頭に吹きかかった。

「こんなの、ひどいです……はむンンっ」

恨みっぽい声でつぶやきつつ、ペニスの先端を咥えこむ。柔らかい唇が太幹に密着して、ヌルリ、ヌルリと呑みこんでいった。

「おおッ、その調子だ」

男根をしゃぶらせながら、富彦も人妻の割れ目を舐めまわした。愛蜜を舌先で掬(すく)いあげては、淫核にねっちょり塗りつけて転がしていった。

「ンンッ……はンンッ」

男根を頬張ったまま、朝香が腰を震わせる。夫に見られながらの相互愛撫で、異常な量の愛蜜を分泌していた。

人妻の汁をたっぷり飲んで、富彦も我慢できないほど昂っている。彼女の口内に含まれているペニスは、大量のカウパー汁を垂れ流していた。

「よおし、またがって自分で挿れるんだ」

「そんなこと……夫の前で、あんまりです」

「こんなに濡らして、本当は奥さんも欲しいんだろ」

「言わないでください……」

朝香はいやいやと首を振りながらも、富彦の腰をまたいでくる。両足の裏をカーペットにつけて、和式便器で用を足すときのような格好だ。

「あっ……は、入っちゃう」

　太幹に手を添えると、ゆっくり腰を落としはじめる。亀頭がヌプリと嵌まり、直後に膣襞が絡みついてきた。

「くおッ、やっぱり奥さんのオマ×コは最高だよ」

　覗いている広河に聞こえるように、わざと大きな声で言い放った。

「や、やめてください……あッ……あッ……」

　朝香は首を左右に振るが、それでも腰を完全に落として長大な肉柱をすべて呑みこんだ。二人の股間がぴったり密着して、亀頭が子宮口に到達した。

「あううッ、ふ、深い」

「旦那のチ×ポもここまで届くのか？」

　くびれた腰を両手で摑み、大きく円を描くようにまわしてやる。すると亀頭がゴリゴリと子宮口を刺激して、同時にカリが膣壁に食いこんだ。

「ああッ、そ、それダメですっ」

「質問に答えるんだ。旦那のチ×ポも、こんなに奥まで届くのか？」

「と、届きません……あああッ」

　夫のペニスと比べることで罪悪感が増幅されたのか、女体にぶるるっと震えが走った。

「あッ、ダ、ダメっ、も、もう……はあああぁッ！」

早くも軽い絶頂に達していく。朝香は腰をガクガク揺らして喘ぐと、胸板に倒れこんできた。

「おっと、そんなによかったのか？」

女体をしっかり抱きとめて、休憩を与えず下から股間を突きあげる。昇りつめた直後の女壺を、容赦なく男根で掻きまわした。

「はああッ、や、休ませて」

「こうすると気持ちいいだろ？」

富彦はさらに腰を振りたくる。ペニスを力強く出し入れして、カリで膣壁を擦りまくった。

「ひあッ、い、今は……ああッ、イッたばかりだから」

「でも、旦那よりも俺のチ×ポが好きなんだよな？」

「ああッ、そ、そんなこと……」

強引に認めさせようと、腰の振りを速くする。溶鉱炉のように熱くなった蜜壺を抉りまわせば、瞬く間に女体の反応が大きくなった。

「ほらほら、締まってきたぞ。俺のチ×ポのほうがいいんだろ？」

「ひああッ、は、はい、い、いいです……あああッ、あなた、許してぇっ」

朝香はついに告白すると、富彦の首筋に顔を埋めた。夫の目を気にしているのだろう。しかし、すぐに快感に流されて、富彦の耳をしゃぶってきた。

「ああッ、あああッ、ま、また……」

女壺から響く蜜音が大きくなり、朝香の喘ぎ声も艶めかしくなっていく。ペニスの突きこみに合わせて腰をよじり、肉の愉悦に溺れているのは明らかだった。

「はああッ、もう……もう、わたしっ」

「俺といっしょにイクんだっ」

富彦が声をかけると、彼女は必死にしがみつきながら何度も頷いた。富彦はラストスパートの杭打ちに入り、全力で肉柱を叩きこんだ。

「おおおッ、で、出るっ、出る出るっ、くおおおおッ！」

「い、いいいっ、あああッ、イクッ、イッちゃううううッ！」

ザーメンを注ぎこむと同時に、朝香もよがり泣きを迸らせた。女体が感電したようにビクビク震えて、男根をこれでもかと締めつけてくる。頭のなかが真っ赤に染まり、精液は何度も断続的に噴きあがった。

（昨夜はがんばりすぎたな……）

5

翌朝、富彦は腰の張りを気にしながら、マンションの前を竹箒で掃いていた。

そこにスーツ姿の広河が姿を現したが、おどおどと視線を逸らし、逃げるように駅へと向かった。そんな弱気な態度を目の当たりにして、富彦は勝利感に酔いしれた。

（ふっ……なにがエリートだ）

昨夜のことが脳裏に浮かび、思わずほくそ笑んだ。

妻が管理人のペニスによがり泣いても、不倫に走った広河に責める権利はなかった。

昨夜、広河が覗いていた休憩室のゴミ箱に、大量の使用済みティッシュが捨てられていた。妻が他の男に抱かれているのを見て、新しい扉が開いたらしい。おそらく、夢中になってペニスをしごきまくったのだろう。

「おはようございます、富彦さん」

　ふいに声をかけられて振り返る。そこには頬をほんのり染めた朝香が立っていた。

「今夜、談話室でお待ちしてもいいですか？」

　人妻の瞳は潤んでいる。真意を計りかねて、富彦は彼女の顔を見つめ返した。

「じつは、夫が……その時間は管理人室の鍵を開けておいてほしいと言っているのですが……」

　驚いたことに、夫婦揃って昨夜のプレイが癖になったらしい。

（これは面白くなってきたぞ）

　あの穴は当分塞ぐ必要がなさそうだ。

　しばらくは、忙しい日がつづくだろう。だが、マンションの管理人も悪くない。

　この年になって、ようやく天職を見つけた気がした。

性獣

「あの、わたし……誰とでも、こういうことをしているわけじゃないですから」

ブラウスの肩に手をまわすと、小串恵里菜（おぐしえりな）は言いわけじみた口調でつぶやいた。

「宮島（みやじま）さんだから……」

肩に置いた龍介（りゅうすけ）の手に、白い手をすっと重ねてくる。その薬指には、プラチナのリングが輝いていた。

彼女の言葉に嘘はないだろう。サイドスタンドの飴色の光が、うつむいた横顔を照らしている。ほんのり桜色に染まった頬は、三十六歳の人妻でありながら、少女のように初々しい。おそらく、浮気の経験は一度もない。だからこそ、夫を裏切らせることに意味があった。

「どうしようもなく奥さんに惹かれてしまったんです」

肩にまわした手に力をこめれば、彼女は抗うことなく寄りかかってきた。

「そんな、わたしなんて……」

恵里菜は雰囲気に酔っている。龍介に誘われて、困惑すると同時に浮かれてもいた。彼女の震える指先がそれを物語っていた。

ペイズリー柄のフレアスカートのなかでは、膝をしっかり閉じている。無意識にガードしているが、本当は期待を膨らませているのであろう。龍介の胸板にこうして頭を預けてくるのがその証拠だった。

黒髪から甘いシャンプーの香りが漂ってくる。薄手のブラウス越しに感じる女体は柔らかく、心の奥底に眠るなにかを刺激した。

「奥さん、あなたが欲しいんです」

1

「おい、聞いてるのか」

唇を歪めた小串が、課長席でふんぞり返った。

龍介はデスクを挟んで立っていた。先ほどから同僚たちがこちらをチラチラ気にしている。これでは見せしめも同然だった。

「たまたま先月の成績がよかったからって、宮島くんに営業の才能があるわけじゃないからね。僕がアドバイスしたから、今の成績があるんだよ。わかってんの？」

好き放題に捲し立てているこの男は、龍介が所属する営業部の課長だ。

部下とはいえ七つ年上の龍介を「くん」づけで呼び、たいした実績もないくせに自信家で、常に他人を見下している。部下の手柄は自分のおかげ、失敗すればおまえが無能なせいだと罵りまくるのが常だった。

なにより口惜しいのは、頑張って営業成績をあげるほど、この男の評価に繋がってしまうことだ。かといって手を抜けば、そのマイナスは自分自身に返ってくるのはわかりきっていた。

「そもそも、宮島くんには才能もセンスもないんだよ。まあ、取り柄があるとしたらそのクソ真面目なところくらいだね。いいか、営業っていうのは——」

まだ説教がつづいていた。

なにを言われても、まったく心に響かない。それもそのはず、小串は営業の現場経験がないのだ。誰かの受け売りを、偉そうに語っているにすぎなかった。

たいした知識もないくせに、自分中心で物事を進めなければ気がすまない。そんな性格なのでトラブルも多く、他の部署からまわされてきたという。ところが、営業部でも下請け会社への無理な発注が何度も問題になり、上層部も扱いに困っているという噂だった。

普通なら、とうの昔に左遷やクビになっていてもおかしくない。ところが、龍介の勤める『小串不動産』は、この男の父親が経営する大手ゼネコン『小串開発工業』の子会社である。グループの親会社社長の三男坊ということで、のうのうと居座っていられるというわけだ。

とはいえ、小串は社員や取引先はもちろん、親兄弟からも疎まれていた。だから、ひとりだけ子会社の小串不動産にまわされたのだ。

(憐れな奴だな……)

龍介は心のなかでつぶやいた。

人望がないことは本人も薄々わかっているのだろう。だから、こうやって偉ぶり、ちっぽけな自分を大きく見せようとする。その結果、ますます嫌われて、誰にも相手にされなくなっていた。

(でも、こいつの下で働くしかないんだ)

小串に罵倒されるたび、人格を否定するメールを受け取るたび、やる気も気力もすり減っていく。それでも、今日までひたすら耐え忍んできた。

一年前に離婚して、さらにリストラを経験している。再就職の難しさは嫌というほどわかっていた。ようやく見つけた仕事を、簡単に辞めるわけにはいかなかった。

派閥争いに巻きこまれてリストラされなければ、この会社で小串に出会うこともなかった。ひとりで営業を支えていると勘違いしている若造に、ここまでコケにされることもなかった。

(いっそ、誰かこいつを刺してくれないだろうか)

なかば本気でそう思う。

青二才の営業課長は、自分以外にも多くの人間から恨みを買っている。現実になったら死を悼むより、祝杯をあげてやるのに……。

四十二年の人生で、これほど人を憎んだことはない。龍介の胸底で、どす黒い感情がふつふつと滾(たぎ)っていた。

2

ようやく小言が終わり、龍介は自分の席に戻った。

事務所には微妙な空気が漂っている。自分に向けられる視線には、同情だけではなく蔑視も含まれていた。たとえ嫌な奴の一方的な言葉でも、延々と聞かされることで人は強い側に流されてしまうのだろう。

（あの野郎……）

胸の奥でどろりとした感情が蠢いた。

人間のうちには獣が棲まう。誰もが無意識に抑えこんで生活しているが、ふとしたきっかけで覚醒する。ひとたび目覚めれば、もう誰にも制止できなくなってしまう。

龍介のなかにも獣はいた。

今も舌なめずりして、低い唸り声を発していた。気を抜けば、すぐにでも牙を剝いて暴れだしてしまいそうだ。

そのとき、ジャケットの内ポケットでスマホが震えた。

はっと我に返り、さりげなく席を立った。小串の視線を感じたが、気づかない振りをしてトイレに向かう。個室に入って鍵をかけると、急いでスマホを確認した。

『今度の土曜日、わたしも小串に同行します。龍介さんも来てくださいね』

恵里菜からのメールだった。

以前は「宮島さん」と呼んでいたのに、今は「龍介さん」に変わっていた。頬の筋肉が緩んでいることに気づいて困惑する。恵里菜と関係を持つことで、まさかこんな気持ちになるとは思いもしなかった。

次の土日、営業部の親睦会という名目で、丹沢での一泊キャンプが予定されていた。夏の恒例行事で家族も連れていけるが、独り身の龍介は気が進まなかった。だが、恵里菜も参加するなら悪くない。

『行くよ』

短く返信すると、すぐにハートマークが返ってきた。

恵里菜の無邪気さに苦笑が漏れる。そもそも復讐が目的で、彼女に近づいたのだ。

初めて会った日のことは、今でも鮮明に覚えている。恵里菜は夫の忘れ物を届けるため会社を訪れた。

あの日は、小串も同僚たちも出払っていたため、たまたま事務所に残っていた龍介が応対した。想像していたのとは正反対の淑やかな女性だった。なにより彼女の憂いを帯びた瞳に惹きつけられた。

自分は離婚して独り身なのに、あの男には眩(まばゆ)いばかりの妻がいる。今にして思えば、ひと目見た瞬間、小串に嫉妬したのかもしれなかった。

――奪ッテシマエ。

あのとき確かに、胸の奥で獣が囁いた。

とはいえ、いくら嫌な上司でも、妻を寝取るのは並大抵のことではない。でも、もし実行できたら、最高に爽快な気分を味わえるのではないか。そんな逡巡と葛藤を繰り返しながら、獣は着々と牙を研ぎ澄ましていた。


数日後、小串が出張した夜、ついに龍介は奴の家に向かった。

成城の閑静な住宅街のなかでも、ひときわ目立つ一戸建てだ。手入れされた生け垣が延々とつづき、背の高い門扉の向こうに洋館風の家が見えた。

圧倒されるのと同時に腹立たしさが湧きあがった。インターフォンのボタンを押す指は震えたが、復讐と嫉妬の炎は勢いを増していた。

恵里菜は龍介の顔を覚えていたらしい。課長に届け物を頼まれたと言うと、彼女はあっさりドアを開けてリビングに通してくれた。

家政婦はもう帰ったので、恵里菜が紅茶を淹れてくれるという。それを聞いてほっとした。彼女はひとりきりの家に、自ら獣を招き入れたのだ。

キッチンに向かう恵里菜を後ろから抱きしめた。髪を掻きわけてうなじに唇を押しつけると、彼女は身をよじって抗った。

「な、なにをなさるんですか、おやめください」

一瞬、怖くなったが、もう後戻りできない。手を出してしまった以上、最後まで行くしかなかった。

「お、奥さん、一度だけ、一度だけでいいんです」

震える声で囁きながら、うなじや首筋にキスの雨を降らせつづけた。すると、恵里菜の身体からふっと力が抜けて、急に抵抗しなくなった。

予想していなかった反応に困惑した。なにが起きたのかわからなかった。とにかく、彼女はその気になり、龍介を夫婦の寝室に招き入れてくれた。

「奥さん、あなたが欲しいんです」

「困ります……」

そう言いつつ、恵里菜はそっと睫毛を伏せていく。それは口づけを待つ仕草に他ならなかった。

貞淑な人妻も、たまには冒険したくなるのだろうか。釈然としないが、大切なのはあの男の妻をこれから抱くということ、ただそれだけだった。

しかも、ここは小串の自宅の寝室だ。夫婦が愛を確かめ合うはずのダブルベッドに、龍介と恵里菜は並んで腰掛けている。サイドスタンドのムーディな明かりが、二人をやさしく包みこんでいた。

エアコンのスイッチは入っていない。窓は網戸になっているが、遮光カーテンが閉められているので風通しは悪かった。蒸し風呂のような熱さで、龍介のワイシャツはすでにじっとり湿っている。手のひらに感じる恵里菜のブラウスも、汗で肌に張りついていた。

小串は大阪に出張中なので、今夜は絶対に安全だ。龍介は腹を決めると、いよいよ唇を重ねていった。

軽く触れた瞬間、恵里菜は微かに鼻を鳴らして身を硬くした。柔らかい唇が小刻みに震えている。極度に緊張しているのが手に取るようにわかった。

（よ、よし、ついに唇を奪ってやったぞ）

余裕がないのは龍介も同じだが、それを上回る興奮が全身に漲っていた。

上司の妻と口づけを交わしている。ついに一線を踏み越えたのだ。こうしていても、恵里菜の清らかさが失われることはない。それどころか、ますます魅力的に輝きだしていた。どうしてあんな男と結婚したのか、本気で不思議に思うほどだった。

「奥さん……」

「い、いけません……あンンっ」

抵抗は口先だけで、恵里菜は顔をそむけることなくキスに応じてくれた。

彼女の唇はさくらんぼのように張りがあるのに、蕩けそうなほど柔らかい。舌で表面をなぞって誘えば、恵里菜は逡巡しながらも唇を半開きにしていった。

舌を差し挿れると、ほっそりした眉が困ったような八の字に歪んだ。それでも、震える舌を伸ばして、遠慮がちに絡みつかせてきた。

「あふっ……ンふぅっ」

甘い吐息が口に流れこんで鼻に抜ける。粘膜同士が擦れ合う感触にうっとりしつつ、人妻の甘い唾液を啜りあげて飲みくだした。

反対に唾液を送りこめば、彼女は「ンンっ」と喉奥で呻いて嚥下する。夫以外の男とキスしたことで背徳感にまみれているのだろう、目尻に涙を滲ませながらも腰を右に左にくねらせた。

やはりいい女だ。久しぶりにペニスが雄々しく漲り、スラックスの股間が張りつめた。

一年前に離婚してから女とは無縁の生活だった。仕事でもストレスに晒されつづけていたので、男として不安を感じていたが、この調子なら問題なさそうだ。我が愚息ながら、じつに頼もしかった。

こうなったら、熟れた女体を隅から隅まで味わい、骨の髄までしゃぶりつくしてやる。居丈高なあの男の妻を密かに寝取ると思うと、異様な興奮が湧きあがった。

唇を離して、人妻の端正な顔を覗きこむ。視線が絡み合うだけでドキリとした。彼女は不安げな瞳で見あげてくるが、身体を離そうとはしなかった。

「素敵ですよ、奥さん」

全身の血液が滾っている。普段なら言えない歯の浮くような台詞も自然と口にできた。

「こんなこと、やっぱり――うンンっ」

なにか言いかけた唇を、再びキスで塞いでいく。すかさず舌を侵入させて、甘い口内を舐めまわした。

唾液を交換するうちに理性が緩んできたのか、徐々に彼女も従順になってくる。やがて積極的に舌を吸いはじめて、互いの味を心ゆくまで堪能した。

舌を絡めた状態で、ブラウスの乳房の膨らみに手のひらを重ねてみる。そっと撫でまわすだけで、恵里菜はおおげさなほど身体をこわばらせた。

「はンンっ、そ、そこは……」

彼女の声を無視して、ブラウスのボタンを上から順に外していく。前がはらりと開けば、生活感のあるベージュのブラジャーが露わになった。飾り気のない下着が人妻らしくて、かえって龍介の男を駆りたてる。カップに寄せられた双つの柔肉が、魅惑的な渓谷を作りだしていた。

「いや……」

龍介の腕のなかで、恵里菜が下唇をキュッと嚙んで顔をそむける。本気で嫌がっているのではなく、ただの照れ隠しだ。

「今夜のことは、二人だけの秘密です」

赤く染まった耳朶に息を吹きかけながら囁くと、恵里菜は震えながら頷いた。

両手で胸もとを覆う仕草にそそられる。そんな彼女からブラウスを剝ぎ取り、背中に手をまわしてブラジャーのホックをプツリと外した。

「あンっ」

愛らしい声とともにカップが跳ねあがり、乳房が勢いよくまろび出る。白い双つの膨らみは、身がたっぷりつまって重たげに下膨れしていた。

「こ、これは……」

思わず感嘆の声を漏らすほどの美乳だった。頂点に鎮座するミルキーピンクの乳首はツンッと上を向き、まだ触れてもいないのに乳輪までふっくら盛りあがっていた。

「そんなに見られたら……」

「奥さんっ」

もう居ても立ってもいられない。女体をベッドに押し倒して、彼女の手を乳房から引き剝がす。双つの膨らみが露わになると、すぐさま両手をあてがった。

「せ、せめて、明かりを……」

「奥さんのすべてが知りたいんです」

柔肌はミルクを溶かしこんだように白く、汗ばんでいるのにシルクを連想させるほど滑らかだ。かつてこれほど柔らかいものに触れたことはない。指先を軽く曲げるだけで、いとも簡単に沈みこんでいった。

「あっ、そんな……あぁっ」

乳房をこってり揉みあげて、先端で揺れる乳首を摘みあげる。途端に女体がピクッと跳ねるが、構うことなく指先でこよりを作るように双つの乳首を転がした。

「ダ、ダメです、ああンっ」

恵里菜の唇から甘ったるい声が溢れだす。困惑で濡れた瞳が、サイドスタンドの弱々しい光に照らされていた。

「こんなに硬くして、いやらしい奥さんだ」

乳首は色を濃くして、どんどん硬くなっている。思わずむしゃぶりつくと、唾液を乗せた舌で舐めまわした。

「ああっ、いやンンっ」

恥じらいの声が心地よく鼓膜を振動させる。人妻の乳首は、ほんのり汗のしょっぱい味がした。念入りに舐めしゃぶり、ときおり舌先で弾いてやる。すると、女体は面白いように跳ねまわった。

「あっ……あっ……」

恵里菜は首を左右に振りながら、切れぎれに喘ぎ声を漏らしている。夫以外の男に乳首を吸われて、羞恥と快楽の狭間で揺れているのだろう。

汗ばんだ乳房を執拗に揉みしだき、双つの突起を交互にねぶりまわす。乳首が唾液でヌラヌラと光る様が、さらなる欲望を煽りたてた。

「ま、待ってください」

フレアスカートを引きさげにかかると、恵里菜は慌てた様子で身をよじった。すでにディープキスをして乳房も晒しているのに、今さらながら抗ってみせる。心のなかでずっと葛藤しているのだろう。だからこそ、人妻を裸に剝いていくことに、ゾクゾクするほどの興奮を覚えるのだ。

スカートをつま先から抜き取ると、むっちりした太腿が露わになる。適度に脂が乗っており、ただ細いだけの若い女とは違う人妻ならではの艶があった。

股間を覆っているのは、ブラジャーとお揃いのベージュのパンティだ。レースがあしらわれた小さな布地が、恥丘にぴったり密着していた。

パンティ一枚になった恵里菜は、横を向いて胎児のように丸まった。両手で顔を覆い隠して恥じらうが、その格好をすることで、肉づきのいい尻のボリュームが強調されていた。

「俺も裸になりますよ、それならいいでしょう」

龍介は慌ててネクタイをほどくと、汗ばんだワイシャツを肌から引き剝がす。スラックスと靴下も脱ぎ、ついにはトランクスも引きさげた。次の瞬間、屹立したペニスがバネ仕掛けのように跳ねあがった。

「ひっ……」

指の隙間からチラリと見やった恵里菜が、小さな声をあげた。夫以外の陰茎を目にして、不貞の実感が湧いてきたのかもしれない。龍介の男根はこれまでにないほど硬直して、亀頭は暴力的にぷっくり膨らんでいた。

「今度は奥さんが脱ぐ番ですよ」

パンティを強引におろして奪い取る。これで上司の妻は、ついに一糸纏わぬ姿になった。

「そ、そんな——あぁっ！」

女体を仰向けに転がし、両膝をぐっと割り開く。すると、漆黒の陰毛が生い茂る恥丘と、鮮やかな紅色の女陰が剝き出しになった。

「す、すごい……」

それ以上、言葉がつづかない。淑やかな人妻が、下肢をM字形に開いて股間を晒している。しかも、まだ触れてもいないのに二枚の花弁は濡れそぼり、狭間から新たな汁を溢れさせていた。

「いや……いやです」

恵里菜はほとんど涙声になって、両手で股間を隠そうとする。その手を振り払って覆いかぶさると、ペニスの先端を陰唇に押しつけた。

「いきますよ、ぬうううッ！」

「ひッ、ま、待って、あひいいッ」

彼女の声に耳を貸さず前進する。亀頭は二枚の花びらを巻きこみながら、膣口にずぶりと埋没した。

「あああッ、お、大きいっ、はあああッ！」

甲高い喘ぎ声が迸る。恵里菜の両足は宙に浮き、つま先までピーンッと伸びきった。

「まだまだ……ぬううッ」

さらにペニスを押し進めて、みっしりつまった媚肉を掻きわける。膣襞がザワザワと亀頭の表面を這いまわり、膣口が窄(すぼ)まって肉胴を思いきり食いしめた。

「くうッ、き、きつい」

快楽の呻きを漏らすが動きはとめない。勢いのまま、長大な陰茎をひと息に埋めこんだ。

「あううッ、そ、そんなに奥まで……」

恵里菜が顎を跳ねあげて、自分の下腹部に手をあてがった。陰毛から臍にかけての白い肌が、波打つように震えている。これほど奥まで挿入されたことがないらしい。つまり小串より龍介のほうが長いということだ。

（そうか……そういうことなら）

奴では届かない女壺の最深部を、長大な剛根でたっぷり可愛がってやる。龍介は快楽に耐えながら、さっそく腰を振りはじめた。鋭角的に張りだしたカリで、膣壁をこそぎ落とすように摩擦する。すると、早くも彼女の腰がくねりだした。

「ああッ、なかが擦れて、あああッ」

蜜壺が敏感に反応して、男根をこれでもかと絞りあげてくる。途端に凄まじい悦楽の嵐が吹き荒れた。

「おおおッ……ぬおおおッ」

カウパー汁が大量に溢れて、自然と腰の動きに拍車がかかる。両手で乳房を揉みしだき、本能のままにペニスを力強く抜き差しした。

「ああッ、奥はダメっ、あああっ」

あの淑やかな人妻が、己の男根で喘いでいる。亀頭で深い部分を叩くたび、女体が弓なりに反っていく。ほとんどブリッジのような体勢になり、眉間に苦悶とも快楽ともつかない縦皺を刻みこんだ。

「奥さん、締まってますっ」

汗が飛び散り、全身が熱く燃えあがる。それでも休むことなく、女壺をこれでもかと抉りまくった。

「い、言わないで、あああッ、奥ばっかり」

恵里菜が涙を湛えた瞳で抗議した。だからこそ、もっと泣かせたくなる。これほど狂暴な感情が、自分のなかに眠っていたとは。

「ふんんッ、奥が好きなんですね」

「そ、そんなこと……」

「でも、こうやって奥を突くと……そらッ！」

「ああぁッ、お、奥、ひあぁッ」

最深部を重点的に突きまくると、恵里菜はついに大粒の涙を流して悶えはじめた。

「あぁッ、あぁッ、こんなの初めてぇっ」

ペニスを締めつけながら腰を振り、天国への急坂を全力で駆けあがっていく。それに釣られて、ピストンは限界まで加速した。

「も、もうっ、あぁあッ、もうダメぇっ」

「ぬううッ、お、俺も、くおおおおおッ！」

雄叫びとともに欲望を解き放つ。剛根をすべて埋めこみ、子宮口を突き破るつもりで白いマグマを思いきり噴きあげた。精液が尿道を駆け抜ける快感が、全身の細胞を歓喜の渦に叩きこんだ。

「あああぁッ、い、いいっ、あぁあああああぁッ！」

恵里菜もオルガスムスの嬌声を響かせる。不貞の悦楽にまみれて、汗だくの裸体を大胆に反り返らせた。

(やった……ついにやったぞ)

溜飲がさがる思いだった。最後の一滴まで注ぎこみ、昏(くら)い優越感に酔いしれた。人妻の女壺は、夫以外の男根をしっかり食いしめている。白濁液を大量に注ぎこまれて、罪悪感に涙しながら悦楽の海に溺れていた。

あれほどの高揚感は初めての経験だった。

己のペニスで彼女を絶頂に導いたときは、ついに小串に復讐したという興奮に全身が震えた。

これで目的を達成したはずだった。一度でも夫を裏切らせれば、満足できると思っていた。

ところが、これで終わりではなかった。

その後も小串の目を盗んで逢瀬を重ねた。恵里菜も拒むことなく受け入れてくれた。そして、彼女のことを知れば知るほど、ますます惹かれていった。

恵里菜の実家は老舗の和菓子屋だが、数年前から経営が苦しかったという。そのことを知った小串は、和菓子屋の支援を条件に、看板娘の恵里菜と結婚した。

それから三年、彼女は望まない相手と結婚生活をつづけている。恵里菜もまた傲慢な小串の被害者だった。

「わたしのことを、従順なお人形くらいにしか思っていないの。ひとかけらの愛情もないのよ」

彼女の淋しげな言葉で、龍介は自分の過去を顧みた。

典型的な仕事人間だった。家のことは妻にまかせっきりで、それが当たり前になっていた。突然、離婚届を突きつけられたときは、恥ずかしいことにまったく意味がわからなかった。娘の誕生日を忘れて、接待ゴルフを入れたことが引き金になっていた。

「あなたって、本当に家族に興味がないのね。わたしも、あなたにはなんの気持ちもありません」

七年連れ添った妻の言葉は痛烈だった。

恵里菜の淋しさが別れた妻と重なり、胸が切なく締めつけられた。

3

土曜日——。

営業部の社員とその家族、総勢三十数名で丹沢のキャンプ場にやってきた。

晩飯のメニューはキャンプの定番、カレーライスだ。みんなで火を起こし、食事作りに取りかかった。

しかし、小事は到着した途端に缶ビールを飲みはじめた。妻を顎で使い、つまみを用意しろと騒ぎ出す。みんなに詫びる恵里菜に、同情の視線が集まった。

こんな上司に誰もついていくはずがない。信じられないほど自分勝手な男だった。

「なんだか疲れた顔……また、あの人に酷いことを言われましたか？」

龍介が洗い場でやかんに水を汲んでいると、恵里菜が小声で語りかけてきた。

この日の彼女は、下肢の曲線が強調されるタイトなジーパンに、赤いチェックのネルシャツ、それにスニーカーというアウトドアスタイルだ。

「いや……」

今日はなにも言われていないが、日々の疲れが顔に出ていたのかもしれない。

恵里菜は龍介の態度からなにかを察したように、小さな溜め息を漏らした。

「ごめんなさい、きっとわたしのせいだわ。じつは……ずっと夜の営みを拒んでるんです。だから、イライラしてるのかも」

「……え？」

思わず見やると、彼女は意味ありげに微笑んだ。そして、流しのなかで龍介の手をそっと握った。

「お、おい」

つい声が大きくなり、慌てて周囲に視線を走らせる。幸い誰にも聞かれていないが、彼女の考えていることがわからなかった。

「たまには、刺激的なのも悪くないでしょう？」

情交を重ねるうち、恵里菜は積極的に求めるようになっていた。そう、まるでなにかに憑かれた獣のように……。

小串はみんなにビールをどんどん注がれて、早々に酔い潰れた。

焚き火を囲んで、同僚たちと談笑する時間は穏やかだった。だが、龍介の頭にあるのは恵里菜だけだ。相づちを打ちながらも、彼女の姿を視界の隅に捉えていた。

深夜二時、龍介は同僚たちと泊まっていたコテージをそっと抜け出した。月明かりを頼りに向かった先は、小串夫妻が宿泊している大きなコテージだ。

打ち合わせどおり玄関の鍵はかかっていない。物音をたてないよう慎重にドアを開けて忍びこんだ。すると、電気を消したままのリビングで恵里菜が待っていた。

「お待ちしていました」

ソファから立ちあがった彼女が、窓越しに差しこむ月明かりに照らされる。黒いキャミソールを纏っており、乳房の丸みはもちろん、乳首もうっすら浮き出ていた。

キャミソールの裾から、やはり黒のパンティがチラリと覗いている。むっちりした太腿が月光を浴びて青白く浮かびあがる様は、どこか幻想的ですらあった。

「龍介さん……」

恵里菜は歩み寄ってくると、いきなり首に腕をまわして唇を求めた。

「お、奥さん……んんっ」

柔らかい唇が押しつけられて、さらに舌がヌルリと入りこんでくる。彼女は背伸びをしながら、龍介の口を貪るように吸いたてた。

「ずっとこうしたかったの」

恵里菜は情熱的にキスをして、龍介の舌と唾液を丹念に味わった。

「か、課長は?」

長い口づけで頭の芯が痺れている。それでも、奴のことが気になった。

かなり飲んでいたとはいえ、小串がこのコテージのどこかにいると思うと落ち着かない。密会現場を見られたら一巻の終わりだった。

「寝室よ」

恵里菜に手を引かれて、すぐそばの開け放たれているドアに歩み寄る。部屋を覗くと、ダブルベッドで仰向けになった小串が鼾をかいていた。

額に冷や汗が浮かんだ。

この広いコテージのなかで、まさかこれほど近くにいるとは思いもしなかった。瞬間的に全身の筋肉がこわばり、身動きひとつできなくなった。

「大丈夫ですよ。お酒、強くないから。あれだけ飲んだら朝まで目を覚まさないわ」

恵里菜は唇の端に笑みを浮かべると、龍介を壁に寄りかからせる。そして、目の前にすっとひざまずき、短パンとボクサーブリーフを引きおろした。

「ま、まずくないか」

潜めた声で言うが、彼女は聞く耳を持たない。ほっそりした指を縮みあがった男根の根もとに添えて、ゆるゆるとしごきはじめた。

「あの人がそんなに怖いの?」

「こ、怖いわけないさ」

強がって答えるが気が気でない。寝室を振り返り、奴が寝ていることを確認する。極度に緊張しているが、それを彼女に悟られたくなかった。

「じゃあ、気にすることないじゃない」

いざとなると、女性のほうが大胆なのかもしれない。恵里菜は上目遣いにつぶやくと、まだ柔らかいペニスをぱっくり咥えこんだ。

「ううっ、ちょ、ちょっと……」

彼女の唇が肉胴に密着して、生温かい舌が亀頭を這いまわる。瞬く間に唾液まみれになり、危険な状況だというのに男根がむくむく膨らみはじめた。

「くうっ……お、奥さん」

「いやです、二人のときは名前で呼んでください」

ペニスを頬張ったまま、恵里菜がくぐもった声で訴える。そして、ゆったり首を振りはじめた。

「え、恵里菜さん……せ、せめてドアを……」

いくら飲んだら起きないとはいえ、小串の姿が見えると気になった。ところが、恵里菜は構うことなく太幹をしゃぶりまわしてきた。

「このままのほうが興奮しませんか？」

「で、でも、気が散って……」

「ふふっ……でも、大きくなってますよ」

舌先をちろりと覗かせて、尿道口をくすぐってくる。さらには裏筋を焦らすように舐めまわし、快楽に腰をよじる龍介を微笑まじりに見あげてきた。

「気持ちいいですか?」

恵里菜の瞳はねっとり潤んでいる。昼間はかいがいしく夫の世話をしていたが、今は龍介のペニスをさも愛おしげにしゃぶっていた。

すでに陰茎は野太くそそり勃ち、青竜刀のように反り返っている。彼女の細い指が唾液まみれの竿をやさしく擦るたび、我慢汁がじくじく溢れだした。

「くっ……」

腹の底で眠っていた獣が頭をもたげる。危険なのは承知の上だが、我慢できないほど欲望が盛りあがっていた。

「今度は俺の番だ」

彼女を立ちあがらせると、開け放ったドアの前に誘導する。恵里菜の瞳には、大口を開けて眠る間抜けな亭主の顔が映っているはずだ。龍介は背後にまわりこみ、黒いパンティを引きおろして奪い去った。

これで彼女が纏っているのはキャミソール一枚だけ。龍介はその場にしゃがみこむと、月明かりに照らされた白い尻たぶに両手をあてがった。

「なにを――ひンンっ」

尻穴に唇を密着させた途端、恵里菜は困惑の声を漏らした。さらに舌を這わせれば、下肢がガクガク震えだす。彼女はバランスを崩して両手を左右に伸ばし、ドアの枠を摑んで身体を支えた。

「ま、待って、そこは……」

どうやら、アヌスへの愛撫に抵抗があるらしい。だからなおさら責めたくなる。放射状にひろがる皺を舌先でなぞり、同時に尻たぶをこってり揉みしだいた。

「恵里菜さんのすべてを愛したいんだ」

「で、でも、お尻なんて……あああっ」

先ほどまで大胆に太幹を咥えていたのに、すっかり弱気になっている。尖らせた舌をねじこめば、もう耐えられないとばかりに腰をよじった。

「はううっ、入れちゃダメぇっ」

「そんなに喘いだら、旦那が起きるよ」

「い、いや……許してください」

眠りこける夫を見ながら、肛門を愛撫されて喘いでいる。背徳感を刺激してやると、まだ触れてもいない淫裂から愛蜜が滴り落ちた。

「こんなに垂らしたら、お汁がもったいないな」

龍介はすかさず女陰にむしゃぶりつき、ジュルジュルと音を立てて吸いまくった。甘い汁を飲みくだし、さらには舌を膣口に差し入れた。

「ああッ、ダメっ、はンンンッ」

恵里菜は下唇を噛んで首を振りたくった。

いったん受身にまわると、なし崩し的に感じていく。積極的な一面も魅力だが、しきりに恥じらう姿がますます龍介を燃えあがらせた。

「も、もう、このまま挿れるよ」

昂ぶりが最高潮に達している。立ちあがってくびれた腰を摑むと、硬直した男根を陰唇に押しあてた。

「そ、そこに夫が――あああッ!」

彼女は焦った様子で振り返るが、構うことなくペニスをねじこんだ。濡れそぼった女陰は華蜜を弾かせて、巨大な亀頭をヌプリと受け入れた。

「くううッ、どんどん入るぞっ」

休むことなく根もとまで埋めこみ、尻たぶがひしゃげるほど腰を押しつける。長大な陰茎が完全に嵌まって、亀頭が子宮口に到達した。

「はううッ、そ、それ、ダメですぅっ」

恵里菜は両手を左右にひろげてドアの枠を摑み、尻を後方に突き出している。立ちバックで犯されて、黒髪を振り乱しながら喘いでいた。

「旦那の前で、もっと気持ちよくしてやるよ」

両手を前にまわしこみ、極薄のキャミソールごと乳房を揉みまわす。それと同時に、龍介はさっそく腰を振りはじめた。

「ああンっ、そんな、ダメ……声、出ちゃいます」

口では抗いながらも、女壺は嬉々として太幹を締めつけてくる。膣襞が歓喜に波打ち、唾液で濡れ光るアヌスも男根の動きに合わせてヒクついた。

「いや……いや……はンンっ」

「旦那よりもいいだろ、ほらほらっ」

力強くペニスを突きこむと、彼女の背中が弓なりに反り返った。

「あううッ、い、いいっ、あンンンンッ！」

凄まじい締めつけだ。どうやら、軽い絶頂に達したらしい。夫の寝姿を見ながら他の男に突かれる刺激で、あっという間に昇り詰めていった。

「もうイッたのか。アソコがヒクヒクしてるよ」

耳に息を吹きこみ、そのままピストンを継続する。恵里菜はひいひい喘ぎながら、腰を淫らにくねらせた。

「ああッ、あああッ」

「そんなによかったのか、俺も最高に気持ちいいよ」

自然と抽送速度があがっていく。龍介も異常なシチュエーションで、かつてないほど燃えあがっていた。

恵里菜の肩越しに、ダブルベッドで眠りこけている小串の姿が見えている。まさか自分の妻と部下が、目と鼻の先で腰を振り合っているとは思いもしないだろう。

この事実を知ったら、プライドだけは無駄に高い小串はどうなるのか。想像しただけでも、かつてない異様な興奮が湧きあがった。

「俺と旦那、どっちがいいんだ」

「あっ……あっ……そ、それは……」

さすがに罪悪感が刺激されたらしい。恵里菜は小さく首を振って言葉を呑みこんだ。

「ほらほらっ、正直に言ってみろ」

リズミカルな抽送で責めたてる。こうなったら意地でも言わせるつもりだった。

「ああッ……ああッ……ゆ、許して」

「言うんだ、本当のことを言うんだっ」

「はあぁッ、い、意地悪……りゅ、龍介さんです」

恵里菜が涙を流しながら、恨めしげな瞳で振り返る。龍介はすかさず唇を重ねて、さらに奥まで抉りたてた。

「恵里菜さんっ、ううぅッ」

快感が際限なく膨らんでいく。愛蜜の量もどんどん増えており、結合部はお漏らしをしたような状態だ。彼女も腰をよじらせて、ペニスをグイグイ締めつけてきた。

「おおッ、最高だ……最高ですよ」

最初は嫌な上司から奪いたいだけだった。でも、いつしか心から離れたくないと思うようになっていた。

恵里菜の悲しみも苦しみも、それに感じる場所も、龍介のほうが知っている。あんな男といるより、自分に抱かれているほうが幸せなはずだった。

「むうぅッ、恵里菜さん！」

膣奥を連続で叩きまくる。同時にキャミソールごと乳房を揉みあげて、指の股に挟みこんだ乳首を刺激した。

「あンンッ、そ、それダメっ、はあああッ！」

彼女のよがり声が甲高くなる。二度目の絶頂が迫っているのは間違いなかった。

「ここだろ、ここがいいんだろ」

ペニスを深い場所まで抉りこませる。恵里菜はドアの枠を強く摑み、くびれた腰をブルルッと震わせた。

「あああッ、い、いいっ、いいのぉっ」

抑えられなくなった声が寝室に響き渡る。それでも、小串は呑気に鼾をかいて眠っていた。目の前で妻が寝取られているのに、どんな夢を見ているのだろう。

間抜けな男に聞かせるように、龍介も獣の咆哮を轟かせた。

「おおおッ、で、出るっ、ぬおおおおおおッ！」

膣道の最深部に埋めこんだペニスが、意思を持った生物のように跳ねまわる。先端から沸騰したザーメンが噴きだし、敏感な膣粘膜を灼きつくした。

「あ、熱いっ、あああッ、イクッ、イッちゃううッ！」

恵里菜が二度目のアクメに昇り詰めていく。彼女のなかでも性獣が暴れているのだろう、女壺が凄まじい勢いで収縮した。

すべてを膣の奥に注ぎこむと、二人はリビングのソファに倒れこんだ。月明かりのなかで抱き合い、どちらからともなく唇を重ねていく。恵里菜は歓喜の涙を流しながら、舌を深く深く絡めてくれた。

奴がどんなにがんばったところで、彼女をここまで感じさせることはできない。

魂まで震えるほどの優越感に浸りながら、龍介は再び女体を組み伏せていった。

昔の女

1

奥平佳幸は憂鬱な気分で電車に揺られている。

佳幸は三十二歳の商社マンだ。大学進学を機に上京して、卒業後はそのまま東京で就職した。しかし、研修が終わると秋田県の田舎町に配属された。

最初はいやだったが、住めば都とはよく言ったものだ。五年後、東京本社に異動が決まったときは、淋しくてたまらなかった。

その田舎町が今回の出張先だ。

しかし、懐かしんでばかりもいられない。なにしろ課長の桑越健司とふたりでの出張だ。隣の席に座っている桑越は、大口を開けて鼾をかいていた。

「課長、もうすぐ駅に着きますよ」

目的地が近づき、遠慮がちに声をかける。

毎回、どんな起こし方をしても、必ず不機嫌になるのでいやな役目だ。

四十七歳の桑越は、十五年前に結婚して、子供もふたりいる。佳幸は独身なので、こんな男がどうして結婚できたのか不思議でならない。

いつも脂ぎっており、中年太りの腹が見苦しい。小言と不満ばかりで、部下たちに嫌われている。そんな状況に本人は気づいていないばかりか、自分はできる男だと思っている節があるので呆れてしまう。

「課長、起きてください。駅ですよ」

「なんだよ、せっかく気持ちよく寝てたのに」

桑越は目を覚ましたとたんに文句を言う。

出張をなんだと思っているのだろうか。腹立たしいが顔には出さない。機嫌を損ねると面倒なので、佳幸はいつも細心の注意を払って接している。

今回の出張も佳幸が宿の手配を任された。だが、寂れた町で、観光する場所もない。宿泊施設自体が少なく、駅の裏にある民宿しか空きがなかった。

「なんだこりゃ、普通のビジネスホテルはなかったのかよ」

民宿〈ふじや〉の前に到着するなり、桑越が顔をしかめた。

木造二階建ての古めかしい建物で、昭和の香りが色濃く漂っている。しかし、ここしか取れなかったのだから、我慢してもらうしかない。

「唯一のビジネスホテルは予約でいっぱいでして、あとは民宿しかなかったんです」

「行動が遅いからそういうことになるんだ。いつも言ってるだろう」

「すみません……」

佳幸は即座に頭をさげる。

出張を命じられてすぐに予約したが、そんなことを言っても火に油を注ぐだけだ。こういうときは言いわけせずに謝罪するのがいちばんだと、経験上わかっていた。

「まあいい。仕事は明日からだ。とっととチェックインして休むぞ」

桑越に急かされて、民宿の引き戸を開ける。

外観同様、なかも年季が入っている。板張りの廊下が延びており、フロントのカウンターには昔懐かしい黒電話が置いてある。フロントのなかを見やれば、畳敷きで円形の卓袱台（ちゃぶだい）があり、和風の傘がついた丸形蛍光灯がぶらさがっていた。

幼いころに行った祖父母の家を思い出す。まるでタイムスリップしたかのように、なにもかもが古い感じがした。

「こんにちは」

フロントに人がいないので、奥に向かって声をかける。すると、着物姿の小柄な老婆が現れて、廊下をゆっくり歩いてきた。

「おいおい、もっと早く歩けねえのかよ」

桑越が不満げにつぶやく。すると、その声が聞こえたらしく、老婆がただでさえ皺だらけの顔をくしゃっとさせて笑った。

「申しわけございません。今年で八十路になったもので。これでも足腰は丈夫なんですよ。ほほほほほっ」

ようやくたどり着くと、嗄れた声で挨拶する。

老婆は大女将の藤倉（ふじくら）ヨネ、御年八十歳だという。年のわりに元気だと思うが、ときおり口をモゴモゴさせている。どうやら入れ歯の具合が悪いようだ。

そんなヨネを見て、桑越はあからさまにテンションがさがっていた。

「とにかく、あがってくださいな」

うながされるまま、佳幸と桑越は靴を脱ぎ、フロントでチェックインの手続きをする。

「いらっしゃいませ」

そのとき、耳に心地よい涼やかな声が聞こえた。

顔をあげると、廊下の奥からこちらに向かってくる人影が見える。焦げ茶色のフレアスカートにクリーム色のハイネックのセーターを着た女性だ。

「えっ……」

佳幸は思わず声を漏らした。

彼女の名前は藤倉若菜（わかな）、この町に住んでいたときにつき合っていた女性に間違いない。

あれから五年経っているので、若菜は三十四歳になっているはずだ。当時から美人だったが、大人の色気と艶が加わり、いちだんと魅力的になっていた。

「佳幸くん？」

若菜も驚きの声をあげる。

ふたりは言葉を失って見つめ合う。そして、ふっと力を抜いて微笑んだ。

黒髪が伸びて背中のなかほどまで届いている。セーターの胸もとは大きく盛りあがり、乳房のまるみが浮き出ていた。これほど美しい女性とつき合っていたことが信じられなかった。

「ひ、久しぶり……」

なにか言わなければと思うが、胸に熱いものがこみあげて言葉につまってしまう。まさか元カノに会うとは思いもしなかった。

十年前、佳幸は田舎のここの支店に配属されて、生活になじめず腐っていた。そんなとき、信用金庫で働くふたつ年上の若菜と出会った。

若菜が田舎の習わしやつき合いかたを教えてくれたおかげで、営業成績もあがった。この町に配属されたら本社に戻れないと言われていたが、五年後、奇跡的に異動の辞令がおりた。今の自分があるのは、間違いなく彼女のおかげだ。

「元気そうね」

「うん……ここって、もしかして……」

「そうなの、わたしの実家よ」

若菜がこっくり頷き、微笑を浮かべる。

すっかり忘れていたが、彼女の実家は民宿を経営していると言っていた。

ということは、この裏手にデートで訪れた神社があるはずだ。あのときは、まさか数年後に出張で訪れることになるとは思いもしなかった。

「若菜さんもここで働いてるの？」

「仕事がないときに、ときどきね」

信用金庫を辞めたわけではないらしい。

若菜の祖母が大女将で母親が女将を務めている。しかし、母親が体調を崩して療養中のため、若菜は仕事が終わってから手伝っているという。

「おい、とっとと荷物を運べ」

唐突に桑越が大きな声で命令する。ふたりが偶然の再会で盛りあがっているのに、そんなことはお構いなしだ。

「は、はいっ」

佳幸は慌てて桑越のバッグに手を伸ばす。

「わたしが……」

若菜も同時にバッグを持とうとして、ふたりの手が触れ合った。

「あっ、ご、ごめん……」

とっさに謝るが、久しぶりに感じた彼女の温もりにドキリとした。

「わたしのほうこそ……ごめんなさい」

若菜もすぐに頭をさげる。どう思っているのかわからないが、頬が桜色に染まっていた。

佳幸と桑越は、それぞれ二階にある部屋に入って一服した。

客室は古くて狭いが、掃除は行き届いている。しかし、壁が薄いらしく、桑越の咳払いがはっきり聞こえていやな気分になった。

そんなことより、若菜のことが気になって仕方がない。今も独身なのか知りたいが、いきなり聞くことはできなかった。

——いっしょに来てくれないか。

どうして、そう言えなかったのだろうか。

後悔の念をずっと胸に抱えている。突然の辞令で一週間後には本社に戻らなければならず、覚悟を決めることができなかった。

この偶然の再会はラストチャンスだ。彼女が今も独身で、恋人もいないことを心から願った。

2

佳幸と桑越は広間で夕飯を摂っている。

山菜料理が絶品だ。あまりのうまさにテンションがあがり、桑越が偉そうに料理人を呼びつけた。

「ほう、女性ですか。美人が作る料理は、やはりうまいですなぁ」

そんなことを言って下劣な笑い声を漏らすと、無遠慮に名前や年齢を聞き出した。

吉野加代子という四十二歳の従業員で、若いころは東京のホテルの厨房で働いていたという。桑越の下品さに困惑していたが、それでも加代子は丁重に頭をさげて引きさがった。

食事のあとは風呂に入った。

大浴場とはいかないが、一応広めの風呂が一階にある。湯船に浸かって大きく伸びをすると、旅の疲れが癒える気がした。

部屋に戻り、ひと息ついていると、ノックの音が聞こえた。

（もしかして、若菜さん？）

一気にテンションがあがる。急いで入口に向かうと引き戸を開いた。

「よう、一杯やるか」

そこに立っていたのは若菜ではなく、缶ビールを手にした浴衣姿の桑越だった。

「出張の楽しみといったら、これだろ」

そう言うなり、佳幸を押しのけるようにして部屋に入る。そして、敷いてある布団の上にどっかり腰をおろした。

（最悪だ……）

桑越は酒が好きで、いつも遅くまでつき合わされるのだ。

「おまえも飲め」

「ど、どうも、いただきます」

仕方なく差し出された缶ビールを受け取り、プルトップを引いた。

「あの女、いいケツしてたよな」

桑越は目を獣のようにギラつかせて、ビールをグイッと呷（あお）った。

「あの女といいますと……もしかして、料理人の加代子さんですか？」

「なに寝ぼけたこと言ってるんだ。若女将に決まってるだろうが。あれは男好きに違いない。俺を見る目が普通じゃなかった」

耳を疑うような言葉だが、どういうわけか桑越は自信満々だ。どこをどう勘違いすれば、そういう解釈になるのか不思議でならない。

「俺くらいになると、ひと目見れば女の性癖がわかるんだ。あれは男を咥えこんだが最後、一滴残らず吸い出すまで離さないタイプだな」

「そ、そうですか……」

若菜を穢（けが）された気がして腹立たしいが、ここはじっと耐えるしかない。よけいなことを言えば、機嫌を損ねるのは目に見えていた。

「おまえ、知り合いだったみたいだな。ひょっとしてあの若女将、奥平の昔の女か？」

突然、核心を突かれて思わずビールを吹き出した。

「す、すみません……」

慌ててタオルでテーブルを拭くが、心臓がバクバク鳴っている。

「やっぱりそうか」

桑越は下卑た笑みを浮かべている。

なにを考えているのか、さっぱりわからない。その直後、桑越はふいに腰をあげた。

「じゃあ、そろそろ寝るかな」

意外にもあっさり自分の部屋に戻っていく。

いやな予感がするが、若菜が相手にするとも思えない。明日は早いので横になって布団をかぶった。

3

うとうとしていたが、物音で目が覚めた。

隣室の引き戸が開く音だ。廊下に出て、階段を降りていく足音が聞こえた。

(課長だ……)

時刻を確認すると、深夜零時をまわっている。いったい、どこに行くのだろうか。ふと桑越の下卑た笑い顔を思い出す。

(まさか……)

夜這いをするつもりかもしれない。

胸騒ぎがして佳幸は起きあがり、部屋のなかをウロウロする。

若菜は昔の女だ。今さら自分がどうこう言うのも違うと思う。それに桑越にかかわると、あとで面倒なことになりそうだ。

(でも、このままだと……)

もう後悔はしたくない。

佳幸は浴衣の上に半纏を羽織ると、廊下にそっと踏み出した。

足音を忍ばせて階段を降りていく。しかし、なにしろ建物が古いため、どんなに気をつけても、ミシッと軋んでしまう。そのたびに心臓がすくみあがり、歩みをとめて固まった。

なんとか一階に降りるが、すでに桑越の姿は見当たらない。ただ薄暗い廊下が延びているだけだ。耳を澄ますと、どこからか微かな声が聞こえた。

(どこだ?)

ロビーのほうだろうか。

急いで向かうと、ロビーの奥にまっ暗な渡り廊下が見えた。若菜の家族や従業員が住んでいる母屋につながっているはずだ。

「おい、いきなりかよ」

そのとき、またしても声が聞こえた。

ささやくような声だが桑越に間違いない。もう居ても立ってもいられず、佳幸はまっ暗な渡り廊下を進んでいく。客は立ち入り禁止なので、ところどころに豆球がついている以外は暗闇だ。手探りで壁伝いに歩きながら、なんとか母屋に足を踏み入れた。

すると、すぐそこに襖があり、その向こうから衣擦れの音がする。

クチュッ、ニチュッ――。

なにやら湿った音も響いていた。

淫らな雰囲気が漂っており、佳幸の胸の鼓動は一気に速くなった。

（な、なんだ、この音は？）

襖の前で立ちどまり、焦る気持ちを懸命に抑えて耳をそばだてる。

「おううっ……う、うまいじゃねえか。そんなに咥えたかったのかよ」

桑越のうわずった声が聞こえた。

湿った音も絶えず響いている。なにをしているのかは確認するまでもない。この襖の向こうで桑越はペニスを咥えられている。いったい、誰がそんなことをしているのだろうか。

（まさか……）

恐ろしい想像ばかりがふくらんでいく。

桑越は若菜のことを気に入っていた。そして、若菜が淫らな女性だと決めつけていた。あの様子だと夜這いをかけてもおかしくない。

(若菜さんはそれに応じて……いや、そんなことするはずがないっ)

思わず胸底で叫んだ。

交際していた佳幸ですら、若菜にフェラチオをしてもらったことはないのだ。それなのに、出会ったばかりの桑越にするはずがない。そう心のなかで否定した直後だった。

ジュポッ、ジュポッ——。

いっそう淫らな音があたりに響く。

これは女性がペニスを咥えて、首を激しく振っている音ではないか。若菜のぽってりした肉厚の唇が、桑越の薄汚いペニスに密着してスライドしているのかもしれない。

(ち、違う、そんなはず……)

そのとき、別の可能性が脳裏に浮かんだ。

もしかしたら、若菜は無理やりペニスを口にねじこまれているのではないか。

そして、桑越が好き勝手なことを言いながら、腰を振っているのではないか。鬼畜の所業だが、あの男ならやりかねない。

(クソッ……)

胸に怒りが湧きあがる。

想像どおりなら、すぐに助けなければならない。佳幸は襖に手をかけると、確認するために少しだけ隙間を開けた。

「くううッ、す、すごいぞっ」

とたんに桑越の声が大きくなる。ペニスをしゃぶる湿った音も廊下に響いた。

確認するのは恐ろしいが、若菜は無理やりペニスを口にねじこまれているかもしれない。とにかく、襖の隙間に片目を寄せて、室内をのぞきこんだ。

(まっ暗じゃないか)

室内は豆球も消されており、完全な暗闇だ。

「は、激しいな、そんなに俺のチ×ポが気に入ったのかよ」

唾液の弾ける音と、女性のものと思われる微かな吐息、それに桑越の呻き声だけが聞こえた。

それでも、しばらくすると目が暗闇に慣れる。

布団の上で仰向けになった桑越の姿がぼんやり見えた。脚を大きく開いており、その間に誰かがうずくまっている。毛布をかぶっているので姿は確認できないが、フェラチオを強要されている感じはない。

ジュポオオオッ――。

突然、ペニスを猛烈に吸いあげるような下品な音が響きわたった。

「ううぅッ、そ、そんなに吸うなって」

桑越が慌てた感じで声をかけるが、女はやめる気配がない。それどころか、首を激しく振りはじめたらしく、毛布が上下に動きはじめた。

(ウ、ウソだろ……)

佳幸は心のなかでつぶやき愕然とする。

桑越は強要していない。どちらかといえば、女のほうが積極的だ。自分の意思でやっているのなら、助けに入ることはできない。

「も、もう出ちまうっ……くうううッ!」

桑越が低い呻き声を漏らす。

暗いなかでも全身が痙攣しているのがわかった。どうやら、精液を放出したらしい。その直後、女が喉を鳴らす音が聞こえた。

（ま、まさか飲んでるのか……）

激しいショックを受けて目眩すら覚える。

よりによって、あの桑越のペニスを咥えて、しかも飲精までするとは信じられない。

佳幸とつき合っていたころ、若菜はとても淑やかな女性だった。セックスしたことはある。だが、基本的に受け身でペニスに触れようとしなかった。

（それなのに……）

これ以上は見ていられない。

佳幸は襖を閉じると、渡り廊下を戻っていく。ともすると涙がこぼれそうになっていた。

（でも、俺が悪いんだ……）

思わず肩をがっくり落とす。

五年前、東京に連れて帰りたかったが、まだ若くて彼女の人生を背負う勇気がなかった。

——東京に異動が決まったんだ。ごめん。

自分の言葉を覚えている。

若菜の悲しげな顔も瞼の裏に焼きついていた。佳幸はそれ以上なにも言えず、逃げるように彼女の前から去ったのだ。

（俺は最低だ……）

今さらショックを受けて落ちこんでいる。そんな自分が滑稽でならなかった。

4

「佳幸くん？」

とぼとぼ歩いていると、ふいに名前を呼ばれた。顔をはっとあげれば、目の前に若菜が立っていた。

「あれ、なんでここに？」

佳幸の口から、思わず疑問の声が漏れる。

「お風呂の掃除を……もしかして、まだ入ってなかったの？」

「い、いや、そうじゃなくて……」

一瞬、頭が混乱してしまう。

（じゃあ、さっきのは……）

桑越は誰といっしょにいたのだろうか。

てっきり若菜だと思いこんでいた。そうなると、調理を担当していた加代子かもしれない。桑越は彼女のことも気に入っていた。

「お風呂、入ったの？」

「う、うん……」

若菜の問いかけで我に返る。

とにかく、桑越の相手が若菜ではないとわかり、胸をほっとなでおろした。

「それなら、お散歩に行かない？　いろいろ話したいことがあるけど、ここだと落ち着かなくて」

若菜が恥ずかしげに切り出す。

「そうだね。行こう」

佳幸が即答すると、若菜はうれしそうに微笑んだ。

今日は満月だが、あいにく曇っている。

街路灯が照らす田舎道を、佳幸と若菜は肩を並べてゆっくり歩く。

つき合っていたころを思い出して、手をつなぎたくなる。だが、それはできない。あのころとは関係が変わってしまった。そのことを実感して、せつなさが胸にこみあげた。

かつてデートしたことのある神社が見える。ふたりの足は自然とそちらに向いた。

「懐かしいな……」

佳幸がつぶやくと、隣の若菜はこっくり頷く。

横顔をチラリと見やれば、どこか淋しげな微笑を浮かべていた。

「ふたりで来たの、覚えてる？」

境内に足を踏み入れると、若菜がささやくような声でつぶやく。

「もちろんだよ」

忘れるはずがない。

若菜と交際していた五年間は、本当に幸せな時間だった。なかでもホテルにはじめて行ったときのことは、強烈な記憶として残っている。

じつは佳幸の初体験の相手は若菜だ。

十年前、二十二歳だった佳幸は、ふたつ年上の若菜に筆おろしをしてもらった。とはいっても、若菜は積極的なタイプではない。おそらく、経験もそれほどでなかったのではないか。それでも、羞恥をこらえて懸命に佳幸をリードしてくれた。

ところが、苦労してつながると、佳幸はあっという間に果ててしまった。はじめてセックスする興奮もあったが、なにより若菜とひとつになれたことがうれしくて我慢できなかった。

あのときは格好悪くて恥ずかしかったが、今となっては甘酸っぱい思い出だ。

(俺は、どうして……)

後悔の念が胸にひろがっていく。

なぜ、あの幸せを手放してしまったのだろうか。当時の自分に会うことができたら言ってやりたい。絶対に彼女を東京に連れていけと。だが、今さら時間を巻き戻すことはできない。

「ごめん……」

佳幸はぽつりとつぶやいた。

若菜のおかげでがんばることができたのに、最低の別れ方をしてしまった。遅いとわかっているが、せめてきちんと謝罪したかった。

「若菜さんが応援してくれたから、あのとき会社を辞めずにすんだんだ。それなのに、俺……本当にごめんなさい」

拝殿の前で立ちどまり、深々と頭をさげる。申しわけない気持ちでいっぱいだった。

「謝らないで、佳幸くんは悪くないわ」

若菜の声はどこまでもやさしい。

だから、佳幸の胸はますます痛み、顔をあげることができなかった。

「この神社、縁結びで有名なのよ。わたし、毎日ここに来てお願いしていたの。また、佳幸くんと会えますようにって……」

若菜はそう言って、佳幸の手をそっと握る。

柔らかい手の感触が懐かしい。熱い想いが胸にひろがり、恐るおそる顔をあげる。すると、彼女の瞳は涙で潤んでいた。

「ずっと待っていたの……ひとりで淋しかった」

情感のこもった言葉だった。

別れてから の五年間、若菜は誰ともつき合うことなく、再会の日を信じて待ちつづけていたという。

(俺のせいで……)

若菜は女盛りの大切な時期を無駄に過ごした。

戻ってくると約束したわけではないが、それでも責任を感じてしまう。

「若菜さん……」

佳幸は思わず彼女を抱きしめる。息がかかる距離で見つめ合うと、こみあげる想いにまかせて唇をそっと重ねた。

「ンっ……佳幸くん」

若菜は睫毛をそっと伏せて応じてくれる。

柔らかい唇に触れたことで、ますます気持ちを抑えられなくなり舌を伸ばす。すると、若菜はすぐに唇を半開きにしてくれる。

そのとき、ふいに雲の切れ間から月明かりが降り注いだ。ふたりの再会を祝福しているようで、ますます気分が盛りあがった。

「俺も、若菜さんのこと……」

心のなかには、ずっと彼女がいた。この五年間、誰ともつき合わなかったのは、若菜のことを忘れられなかったからだ。

「若菜さんが好きだ」

熱い想いを口にする。愛おしさと興奮がまざり合い、貪るようにキスをして舌を深く挿し入れた。

「うれしい……わたしも好き」

若菜が涙を流しながら答えてくれる。

ふたりは視線を交わしては、キスすることを繰り返す。彼女の舌をからめとり、ヌルヌルと擦り合わせて唾液を吸いあげる。懐かしい味を確認することで、欲望が急激にふくらんでいく。

(セックスしたい……若菜さんと……)

舌をからめるほどに高揚して、ついには頭のなかがまっ赤に燃えあがった。

ペニスはこれでもかと勃起して、ボクサーブリーフの前が破れそうなほど張りつめている。そのふくらみが、彼女の柔らかい下腹部に触れていた。

「硬いのが当たってる」

若菜が恥ずかしげな声を漏らす。

しかし、いやがっているわけではない。それどころか、自ら下腹部を押しつけてきた。

「ううっ……」

たまらず呻き声が漏れてしまう。

勃起したペニスが圧迫されたことで、甘い痺れが波紋のようにひろがっていく。

欲望がますますふくれあがり、我慢汁がトクンッと溢れるのがわかった。

「お、俺、もう……」

ひとつになりたい。若菜のなかに入り、深い場所までつながりたい。そして、思いきり腰を振りまくりたかった。

「わ、わたしも……」

若菜の声もうわずっている。

同じ気持ちだとわかり、いっそう気持ちが昂っていく。ペニスはさらに硬くなって、彼女の下腹部にめりこんだ。

5

「こっちに来て」

若菜に手を引かれて、佳幸は境内の奥にある林に連れていかれる。なにをするのかと思えば、大きな木に寄りかかるように誘導された。

「あの……」

佳幸がとまどいの声を漏らすと、若菜が目の前にしゃがみこむ。そして、浴衣にした。

の裾を開き、ボクサーブリーフの股間を露にした。

「お、おい……」

「お願いだから動かないで」

若菜は懇願するようにつぶやき、両手の指をボクサーブリーフのウエスト部分にかける。そして、ゆっくりめくりおろして、そそり勃ったペニスを剝き出しにした。

「ちょっと、なにを……」

「ああっ、これ……懐かしい」

月明かりの下、若菜が頰をほんのり桜色に染めてつぶやく。恥じらいながらも、ほっそりした指を太幹の根もとに巻きつけた。

「くうっ」

佳幸はわけがわからないまま、呻き声を漏らす。その直後、若菜が顔を寄せたかと思うと、亀頭をぱっくり咥えこんだ。

「佳幸くん……はむンンっ」

「こ、こんな場所で……」

とたんに快感が脳天まで突き抜ける。

慌てて己の股間を見おろせば、若菜の柔らかい唇がカリ首に密着して、さらに太幹をズルズルと呑みこんでいく。

つき合っているときは手で触れるのも躊躇していたのに、まさか若菜がフェラチオしてくれるとは思いもしない。しかも、神社の境内でこんな淫らなことをするとは驚きだ。

「ンっ……ンっ……」

若菜は微かに鼻を鳴らして、首をゆったり振りはじめる。

唇で太幹をしごきつつ、舌で亀頭をネロネロと舐めまわす。さらにはペニスを吸いあげて、蕩けるような快楽を送りこんできた。

愛撫のすべてがやさしさに満ちており、熱い想いが伝わってくる。あの清らかだった若菜が、ペニスにむしゃぶりつくほど欲していたのだ。

「ううッ、わ、若菜さん……」

佳幸は困惑と興奮のなか、ただ木に寄りかかり呻き声を漏らすことしかできない。ペニスを唾液まみれにされて、我慢汁を大量に吹きこぼした。

「そ、そんなにされたら……ううッ」

「あふっ……はむっ……あふンっ」

若菜は上目遣いに佳幸の表情を確認しながら、首振りの速度をあげていく。クチュッ、ニチュッという湿った音が境内に響きわたり、背徳感とともに射精欲がふくらんだ。

「ま、待って、くううッ、ほ、本当に……」

「出して、いっぱい出して」

ペニスを咥えたまま、若菜がくぐもった声でささやく。上目遣いの瞳が色っぽくて、我慢汁がどっと溢れてしまう。

「ううう、そ、それ以上は……」

懸命に訴えるが、若菜はやめようとしない。ますます首を激しく振り立てて、頬がぼっこり窪むほどペニスを吸いあげた。

「くおおッ、で、出るっ、ぬおおおおおッ！」

とてもではないが耐えられない。呻き声をまき散らして、ついに欲望を解き放つ。勢いよく精液が噴きあがり、腰がガクガク震えるほどの凄まじい快感が突き抜けた。

「ンンンンっ」

若菜はザーメンをすべて受けとめると、躊躇せずに一滴残らず飲みくだす。そして、ペニスを吐き出すことなく、再びねちねち舐めはじめた。

「うッ、ううッ、ちょ、ちょっと……」

慌てて訴えるが、若菜は愛撫を継続する。

射精した直後のペニスを舐められて、くすぐったさをともなう快感が押し寄せた。思わず腰を引こうとするが、木に寄りかかっているため逃げられない。延々とフェラチオされて、ペニスは萎えることも許されず硬度を保っていた。

6

「俺、もう我慢できないよ」

佳幸は若菜の手を取って立たせると、位置を入れ替えて木に寄りかからせる。すかさずセーターをまくりあげて、ブラジャーをむしるように奪い取った。

「あンっ、恥ずかしい……」

乳房が露になり、若菜が小声でつぶやく。だが、抗うことなく、桜色に染まった顔を横に向けた。

（こ、これだ……これだよ）

美乳を目にして、懐かしさと興奮がこみあげる。

白くてたっぷりしたふくらみは、下膨れしており重たげに揺れている。なめらかな曲線の頂点には、紅色の乳首が鎮座していた。

「あんまり見ないで……」

若菜の恥ずかしげな声を聞きながら、佳幸は震える手でふたつの乳房を揉みあげる。溶けそうなほど柔らかくて、指が簡単に沈みこんでいく。乳首をそっと摘めば、女体がビクッと反応した。

「あっ、ダ、ダメ……」

拒絶は口先だけで、手で覆い隠すこともしない。乳首は瞬く間に硬くなり、さらなる愛撫を求めるようにふくらんだ。

「もう、こんなに……若菜さんっ」

佳幸はたまらず乳首にむしゃぶりつく。両手で柔肉を揉みあげながら、乳首を口に含み、唾液を乗せた舌で舐めまわした。

「あっ、ダ、ダメ……ああンっ、ダメぇ」

若菜は敏感に反応してくれる。甘えるような声を漏らして、腰をモジモジよじらせた。

（早くひとつに……）

もう、これ以上は我慢できない。女体をうしろ向きにして両手を木につかせる。

若菜は前屈みで尻を突き出す格好だ。フレアスカートをまくりあげると、スラリとしたナマ脚と白いパンティに包まれた尻が現れる。スカートの裾をウエスト部分にはさみこみ、パンティに指をかけた。

「ああっ、こんなところで……」

若菜は恥じらいの声を漏らすが、佳幸が命じてもいないのに、自らの尻をさらに突き出した。

（きっと、若菜さんも――）

欲しているに違いない。

パンティを剝きおろせば、白桃を思わせる美尻が露になる。月明かりに照らされた尻たぶは適度に脂が乗って、いかにも柔らかそうだ。

佳幸は双臀をつかんで割り開き、濃いピンクの陰唇を剝き出しにする。フェラチオしたことで興奮したのか、触れてもいないのにぐっしょり濡れていた。

（ようし、これなら……）

遠慮することはない。

勃起したペニスの先端を押し当てると、クチュッという卑猥な音がする。そのまま体重を浴びせれば、亀頭がいとも簡単に陰唇の狭間に沈みこんだ。

「あああッ、お、大きいっ」

若菜は頭を跳ねあげて、歓喜の声をほとばしらせる。そして、ねっとり潤んだ瞳で振り返った。

「こ、これ……これがほしかったの」

その言葉から切実な想いが伝わってくる。会えなかった五年間の淋しさが滲んでいた。

「俺も、ずっと……若菜さんのこと……」

佳幸の胸にも熱いものがこみあげる。

さらに腰を押しつければ、ペニスがさらに深い場所まで埋まっていく。みっしりつまった媚肉をかきわけて、亀頭が膣道の行きどまりに到達した。

「あううッ、お、奥っ、当たってる」

若菜が背中を反らして、たまらなそうな声を響かせる。それと同時に膣が締まり、太幹をギリギリと絞りあげた。

「くうッ、す、すごいっ」

佳幸も思わず快感の呻き声を漏らし、彼女の尻たぶに指をめりこませる。

欲望がふくらみ、動かずにはいられない。さっそく立ちバックで腰を振りはじめる。張り出したカリで膣壁をえぐりながらペニスを引き出すと、勢いをつけて根もとまでたたきこんだ。

「ああッ、よ、佳幸くんっ、あああッ」

甘い喘ぎ声が深夜の境内に響きわたる。

若菜は両手の爪を木の幹に立てて、背中をますます反らしていく。性感が蕩けているのは明らかで、くびれた腰が右に左に揺れている。膣の締まりも強くなり、ペニスを食いしめて離さない。

「き、気持ちいいっ、くおおッ」

快楽の波が押し寄せて、無意識のうちに腰の動きが速くなる。すると、膣の収縮がさらに強くなり、ピストンにどんどん力がこもっていく。

「は、激しいっ、あああッ」

「おおおッ、若菜さんっ」

若菜が喘げば、佳幸も呻き声を漏らす。

ふたりは相乗効果で高まり、絶頂に向かって昇りはじめる。ペニスを勢いよく出し入れして、亀頭を膣の奥に連続してたたきつけた。

「あッ……あッ……ふ、深いっ」

若菜が切れぎれの喘ぎ声をあげて、身体を震わせながら振り返る。そして、さらなるピストンをねだるように尻をグイッと突き出した。

「くううッ、し、締まるっ」

膣道全体がうねることで、一気に射精欲がふくれあがる。もはや一刻の猶予もならない。猛烈な勢いで絶頂が迫っていることを感じて、ラストスパートの抽送に突入した。

「き、気持ちいいっ、おおおッ」

「ああッ、い、いいっ、あああッ」

「おおおッ、おおおおッ」

低い声で唸りながら、いきり勃ったペニスを抜き差しする。愛蜜と我慢汁がまざって潤滑油となり、ヌルヌル滑るのがたまらない。腰を振るほどに快感が大きくなり、ついに絶頂の大波が押し寄せた。

「くおおッ、で、出るっ、ぬおおおおおッ！」

雄叫びとともに精液が噴きあがる。

ペニスを根もとまでたたきこみ、思いきり欲望を流しこむ。凄まじい快感が突き抜けて、全身をガクガク震わせながら射精した。

「はああッ、す、すごいっ、あああッ、いいっ、イクッ、イクイクううううッ！」

若菜もアクメのよがり泣きを響かせる。

背中を反り返らせて、突き出した尻を痙攣させながら、オルガスムスの彼方へ昇りつめていく。生々しい声が境内にこだまして、ふたりは蕩けるような絶頂を共有した。

若菜がトロンとした顔で振り返る。佳幸はペニスを抜くことなく顔を寄せていく。唇を重ねて舌をからめれば、心まで一体感に包まれた。

7

翌朝、佳幸は広間で朝食を摂っている。

桑越は部屋から出てこない。胃がもたれているとかで食欲がないという。いつも無駄に元気なのに、めずらしいこともあるものだ。

今日は支店で会議があり、そのあと隣町に移動する予定だ。残念ながらこの民宿は一泊だけで、若菜ともお別れだった。

「うん、うまい」

佳幸は茄子の煮浸しを食べて頷いた。

「お口に合ったみたいでよかった」

不安げに見ていた若菜が、ほっとした様子で微笑を浮かべる。

今朝の食事は若菜が作ったという。調理を担当している加代子の娘が熱を出したため、昨夜の夕飯のあとすぐに帰ったらしい。

「それじゃあ、昨夜はいなかったの？」

「加代子さんの家は近くだから、通いで働いてもらっているの」

てっきり全員が住みこみだと思いこんでいた。そうなると、昨夜、課長の相手をしていたのは誰なのだろうか。

不思議に思いながら食事を終えると、いったん部屋に戻って荷物をまとめる。そして、顔色の悪い桑越といっしょにチェックアウトをすませた。

「また来てくださいね」

若菜がやさしく語りかけてくれる。

「うん。今度は休みを取って来るよ」

　佳幸も笑みを浮かべて答えた。

　見つめ合うと熱い気持ちがこみあげる。奇跡の再会から、ふたりの第二章がスタートした。

　そんなふたりに気を遣ったのか、大女将のヨネはなにも話さない。しかし、乙女のようにキラキラした瞳で、なぜか桑越をずっと見つめていた。

　佳幸たちは駅に向かって歩き出す。そのとき、背後で嗄れた声が響いた。

「いつでもお待ちしております。わたくし、こう見えても古風な昔の女でございますから。ほほほほほっ」

　ヨネが口もとに手を当てて笑っている。

　桑越は青ざめた顔でうつむき、まるで逃げるように歩調を速めた。なにがあったのか知らないが、ひと言もしゃべらない。

　とにかく、しばらく静かに過ごせそうだ。

　紅葉をはじめた山々を眺めながら、佳幸はこみあげる笑いをこらえて奥歯をグッと嚙みしめた。

風鈴の家

1

蟬のけたたましい鳴き声が、絶えず頭のなかで響き渡っていた。

汗で湿ったワイシャツとスラックスが、肌に纏わりつくのが不快でならない。ジャケットは羽織ることなく、朝から手に持ったままだった。

「暑っ……」

堀沢昌幸は長閑な住宅街でふと立ち止まり、抜けるような青空を恨めしそうに見あげた。

八月に入り、いよいよ暑さも本番だ。肌を刺すような容赦のない日差しが降り注いでいる。少しネクタイを緩めてみるが、気休めにもならない。服を着たまま、サウナに放りこまれた気分だった。

このうだるような猛暑のなか、羽毛布団の訪問販売をしているのだから売れるはずがない。ほとんどがインターフォンで門前払いだ。冬はそれなりに売れるが、夏になると羽毛布団は見向きもされなかった。

昌幸は三十五歳の会社員だ。今の職場に移って三年になるが、飛びこみ営業はいまだに苦手だった。

リリリ――。

次の家に向かおうとしたとき、どこからか虫の音が聞こえてきた。

(ん、なんだ?)

思わず耳を澄ますが、鼓膜を揺らしているのは蝉の鳴き声だけだ。それでも、秋の夜長を想起させる虫の音が、微かに聞こえていた。

吸い寄せられるように足が向き、曲がり角までやってきた。車は入れない細い道が奥に延びており、青々とした竹林がひろがっている。虫の音は、その竹林から聞こえてくるようだ。

赤い自転車に乗った郵便屋が、竹林の奥からのんびりと走ってきた。この先に家があるのか、それとも、道がどこかに抜けているのか。

微かに聞こえてくる虫の音に誘われて、昌幸はふらりと足を踏みだした。

道はさらに細くなり、竹林のなかへとつづいている。日差しが遮られて、いくらか気温がさがった気がした。

やがて、一軒の日本家屋が現れた。

歴史を感じさせる瓦屋根の平屋建てで、かなりの大きさがある。他に家はなく、まるで昔話の世界に迷いこんだような気分だ。気のせいか、時間の流れがゆっくりに感じられた。

庭と竹林の境がないところを見ると、このあたり一帯の地主かもしれない。長い縁側があり、ガラス戸が開け放たれていた。

縁側で女性が木製の踏み台にあがっている。なにやら両手を頭上にあげて、軒下に向かって伸ばしていた。

(おっ……)

昌幸は思わず目を見張った。

白いノースリーブのブラウスを着ているため、腋の下が剝きだしになっていた。

もっと近くで見たい衝動に駆られて、ふらふらと歩み寄っていく。ところが、彼女は昌幸が目の前まで来ても気づかなかった。

無防備に晒された腋窩は、綺麗に手入れされている。肌は見るからに柔らかそうで、うっすらと汗ばんでいるのが艶めかしかった。

淡いピンクのスカートの丈は膝上で、しかも背伸びをしているため、太腿が大胆に露出している。ストッキングを穿いていない生脚にも視線が惹きつけられた。

リリ――。

そのとき、彼女が手にしているものから、透明感のある音が聞こえてきた。

南部鉄風鈴だ。どうやら、この音を虫の音と勘違いしたらしい。彼女は踏み台の上でつま先立ちになり、風鈴を軒下に吊るそうとしていた。

危なっかしいと思ったときだった。彼女はハッとこちらを見おろして、踏み台の上で大きくバランスを崩した。

「きゃっ」

「危ない！」

とっさに駆け寄り、倒れてきた女体を受けとめた。

正面から抱き合う格好になって、身体がぴったり密着する。胸の膨らみが、ワイシャツの胸板に押しつけられて柔らかくひしゃげていた。

「危ないところを、ありがとうございます」

礼を言われて視線が重なった。

澄んだ瞳に吸いこまれそうになる。清楚な雰囲気の人妻らしき女性で、ストレートの黒髪から甘いシャンプーの香りが漂っていた。

「い、いえ」

昌幸は慌てて彼女から離れると、投げだしたジャケットと鞄を拾いあげて砂を払った。

「あの、あなたは?」

「えっと……ただの通りすがりの者です」

彼女の美貌のせいだろうか。自分が飛びこみの営業マンであることを忘れていた。

「よろしければ、風鈴、つけましょうか」

どうして、そんなことを言ったのだろう。

危なっかしくて見ていられなかったのは事実だが、彼女に感謝されたいという気持ちもどこかにあった。

「じゃあ、お言葉に甘えてもいいですか?」

申し訳なさそうに差しだされた風鈴を受け取り、その場で革靴を脱いで縁側にあがらせてもらう。踏み台の上に立ち、軒下に風鈴の紐を括りつけた。

リーン——。

微風を受けて、さっそく南部鉄風鈴が涼やかな音を奏ではじめる。自然と二人は微笑み、少し打ち解けた雰囲気になった。

「ありがとうございます。どうぞこちらに」

「はい？」

「お礼をさせてください。今日は暑いですから、すぐに冷たいお茶をお持ちしますね」

押し切られる形で、すぐそこの和室に通された。

重厚な座卓の前に座布団が置かれており、昌幸は少し緊張しながら胡座(あぐら)をかいた。すると、いったんさがった彼女が、冷茶の入った硝子茶碗と水ようかんをお盆に載せて戻ってきた。

「危ないところを助けていただいた上に、風鈴までつけてくださって、本当にありがとうございます」

座卓を挟んだ向かいに正座をして、あらためて礼を言うと、彼女は「北岡史(きたおかふみ)

奈」と名乗った。この家で週三回、華道教室を開いているという。周辺一帯の地主で、やはり竹林も北岡家の所有地だった。

昌幸も名前を告げて、羽毛布団のセールスマンだと正直に伝えた。

「それにしても、いい音色ですね」

「昔、主人と東北に旅行へ行ったとき、思い出にと買ったものです」

やはり人妻だとわかり、少しがっかりする。

ところが、史奈は指輪をしていなかった。花を生けるときは邪魔になるのだろうか。

「仲のいいご夫婦なのですね。羨ましい」

昌幸のつぶやきに、史奈はすっと視線を落とした。

「そんなこと、ないんです……」

夫は婿養子という立場が息苦しかったのか、二年前に若い女を作って出ていったという。

「もう、あの人が帰ってくるとは思ってないんです。待っているうちに、三十七になってしまいました」

二十代でも通用しそうな容姿なので、二つも年上だとは驚きだった。

吹っ切れているようだが、心のどこかで夫を待ちつづけている。帰ってこないとわかっているのに、万が一を期待してしまう。だから、いつまで経っても新しい恋に踏み切れないのだろう。

じつは、昌幸も似たような境遇にある。三年前に出ていった別れた妻をいまだに忘れられずにいた。だから、彼女の気持ちが痛いほどよくわかった。

「今まで触れられなかったけど、やっと思い出の風鈴を吊す気になったの。そうしたら、人の気配がしたから、ひょっとしてあの人が帰ってきたのかと思って」

史奈はそう言って、静かに睫毛を伏せた。

「あら、いやだわ、初対面の方にこんな身の上話」

少し陰のある照れた表情に惹きつけられる。ノースリーブのブラウスから露出している肩を、思わず舐めるように見つめていた。

視線を感じたのか、史奈がくすぐったそうに肩をすくませる。昌幸は誤魔化すために水ようかんを頬張り、冷茶をグイッと飲み干した。

「どうしてかしら、話しやすいんです。堀沢さんって不思議な方ですね」

彼女の瞳がしっとりと潤んで見えたのは、気のせいだろうか。

ひとりでこれほど大きな家に住んでいるのは、淋しいに違いない。言い寄ってくる男も多そうだが、彼女の心のなかには依然として夫が居座っているのだろう。

とはいえ、三十七歳の女盛りだ。熟れた身体は刺激を求めているのではないか。

(二年も独り身なら、毎晩、自分で……)

また余計なことを考えて、冷茶の硝子茶碗にまわされた彼女の細い指をじっと見つめてしまう。

そのとき、急に風が強くなり、風鈴がリリリッと激しく鳴りはじめた。

「おっ、雨か」

降りだしたと思ったら、見るみる雨脚が強くなった。

「これでは、お仕事になりませんね。雨がやむまで、ゆっくりしていってください」

史奈はなぜか嬉しそうに言うと、唇の端に微かな笑みを浮かべた。

2

突然の激しい夕立が、一時の涼を連れてきた。

史奈がすっと立ちあがり、座卓をゆっくりまわりこんでくる。そして、昌幸のすぐ隣で横座りをした。

緊張感が高まり、横を向くことができない。すると、彼女がそっとしなだれかかってきた。

「え?」

思わず小さな声を漏らすが、彼女はまったく気にする様子がない。ワイシャツの肩に柔らかい頬を乗せて、竹林に降り注ぐ雨を眺めていた。

「夕立って、なんだか物悲しくなりますね」

雨音に掻き消されそうな、儚げな声だった。

昌幸は突然のことに動揺して、地蔵のように固まっていた。なにが起こっているのか理解できない。うだつのあがらない営業マンの自分に、美熟女が誘いをかけるとは思えなかった。

彼女の身体から漂ってくる甘い体臭とシャンプーの香りが、久しく忘れていた牡を刺激する。股間に血液が流れこむのがわかり、瞬く間に男根が膨らみはじめた。

(ま、まずい)

内心慌てていると、スラックスの太腿に彼女の手がそっと置かれた。

「あ、あの、汗をかいてますから……」

離れなければと思うが、彼女はますます身体を寄せてくる。ブラウスの胸の膨らみが肘に押し当てられて、柔らかくひしゃげていた。

「汗の匂いって男らしいです。それとも、昌幸さんは迷惑ですか？」

名前で呼ばれてドキリとする。思わず見やると、彼女は濡れた瞳で見あげていた。

これほどの美女に迫られて迷惑なはずがない。昌幸は人生で初めての機会を逃すまいと、必死に首を左右に振りたくった。

「め、迷惑だなんて、とんでもない」

「嬉しい」

史奈は掠れた声でつぶやき、太腿に置いた手を股間に滑らせてくる。こんもりとした膨らみを撫でられて、思わず腰に震えが走った。

「ううっ」

「硬くなってますよ」

彼女が耳もとで囁き、スラックスの上から男根を握り締めてくる。それだけで気分が高まり、トランクスのなかで先走り液が溢れてしまう。なにしろ、最後に女性に触れられたのは、じつに三年以上も前になる。軽く握られただけでも強烈な快感だった。

（いいのか、本当に？）

迷いはあるが、すでに肉体は溺れかけている。彼女にすべてをゆだねたくて、ペニスは自分勝手にどんどん硬度を増していた。

「すごく熱いです」

「き、北岡さん……」

戸惑ってそう口にしたが、彼女は「ああン」と甘えた声を出して、男根を擦りあげてきた。

「名前で呼んでください」

「うぅっ……ふ、史奈さん」

出会ったその日に、女性を名前で呼ぶのは初めてだ。緊張感が高まるが、同時に期待感も膨らんでいた。

彼女はベルトを外して、ファスナーをおろしていく。スラックスを脱がしにかかり困惑するが、ペニスはますます硬く漲っていた。

尻を持ちあげて協力すると、スラックスとトランクスがまとめて引きおろされる。屹立した男根がビイインッと跳ねあがり、蒸れた汗の匂いとカウパー汁の生臭さがひろがった。

「まあ、素敵」

すぐさま野太い肉胴の根もとに、彼女の細い指が巻きついてくる。やさしく締めつけながら、ゆるゆるとしごきあげてきた。

「うおっ、そ、それは」

初対面の女性に男根を見られる羞恥が、瞬時に快感へと変わっていく。先端から透明な汁が溢れて、亀頭が水風船のように張り詰めた。

「気持ちいいですか？」

史奈の問いかけに頷くと、彼女は嬉しそうに目を細めて股間に顔を寄せてくる。そして、亀頭にチュッと口づけして、蒸れた匂いを肺いっぱいに吸いこんだ。

「はぁっ、この匂い……興奮しちゃいます」

舌を伸ばしてペニスの先端を舐めまわすと、ついにぱっくり咥えこむ。鋭く張りだしたカリを、柔らかい唇で締めつけて、尿道口を舌先でくすぐってきた。

「あふっ……はむンンっ」

「おおうっ！」

あまりの快感で言葉にならない。昌幸は背後に両手をついて仰け反ると、投げだした両脚が攣りそうなほど突っ張らせた。

「ンっ……ンっ……」

出会ったばかりの美熟女が、自分のペニスを口に含んで首を振っている。柔らかい唇で肉胴を擦りあげて、男根が彼女の唾液に包まれた。

(ああ、なんて気持ちいいんだ)

昌幸は快楽に抗えず、畳の上にごろりと仰向けになった。彼女の唇から与えられる愉悦に身をまかせて、腰を小刻みに震わせた。

ときおり、風鈴の涼やかな音色が聞こえてくる。竹林に視線を向けると、勢いは治まったものの雨はしとしと降りつづいていた。

股間を見おろせば、史奈が勃起したペニスを舐めしゃぶっている。初めて会った女性が、男根に舌を這わせているのだ。失敗つづきの人生に、まさかこんなドラマのようなことが起こるとは信じられなかった。

「ンふっ……はむっ……あふふンっ」

史奈も久しぶりの男根に興奮しているらしい。根もとまで咥えこみ、舌も使ってねぶりまわす。唇で締めつけて吸引されたときは、危うく射精するところだった。

「ま、待って、今度は史奈さんに……」

昌幸は訴えながら、彼女の腰に手を伸ばした。

スカートを脱がそうとするが、ホックが上手く外れてくれない。すると、史奈はペニスを咥えたまま、自らスカートを脱いでくれた。

これで下半身に纏っているのは、地味なベージュのパンティだけだ。生活感溢れる飾り気のない下着が、かえって興奮を誘っていた。

昌幸は彼女を誘導して、逆向きにまたがらせた。目の前にパンティの船底が迫っている。縦溝に沿って染みができているのは、彼女も興奮している証拠だった。

「濡れてる……濡れてますよ」

すぐさまパンティを脇に寄せると、蒸れた牝の匂いがむあっと溢れだす。ぽってりと肉厚の陰唇は、しとどの愛蜜で濡れそぼっていた。裂け目からアーモンドピンクの媚肉が覗き、刺激を求めてうねうねと蠢いている。しかも、秘めたる情欲の強さを物語るように、恥丘には秘毛が黒々と生い茂っていた。

「ふ、史奈さんっ」

もう一瞬たりとも我慢できなかった。

昌幸は両手で尻たぶを抱えこみ、充血した陰唇にむしゃぶりついた。愛蜜まみれの淫裂を舐めまわし、舌を伸ばして膣口に沈みこませていった。

「はううンっ」

男根を咥えたままの史奈が、女体をぶるっと震わせて鼻にかかった呻きを漏らす。感じているのは間違いない。愛蜜の量が明らかに増えており、尻の穴までたまらなそうにヒクつかせている。

「ンっ……ンふっ……あふンっ」

「おおっ、気持ちいい、おふううっ」

互いの股間をしゃぶり合い、快楽に没頭していく。

和室でシックスナインに耽る史奈と昌幸の声に、風鈴が奏でるリリリッという音が重なった。

空気は相変わらず蒸しており、二人の肌はじっとり汗ばんでいる。ところが、興奮と快感がすべての感覚を凌駕して、暑さを完全に忘れさせていた。

史奈も昌幸も夢中だった。互いの股間がふやけるほどしゃぶりまくり、今にも昇り詰めそうになって、ようやくシックスナインを中断した。

「わたし……もう」

史奈は息を乱しながらブラウスを脱ぎ、もどかしげにブラジャーも外して全裸になった。

乳房はたっぷりとしており、いかにも重たそうに揺れている。乳首は鮮やかなピンクで、触れてもいないのに硬く尖り勃っていた。乳輪までふっくらとドーム状に隆起してるのが卑猥だった。

昌幸もネクタイを外してワイシャツを脱ぐと、史奈に肩を押されて再び仰向けになる。彼女は切羽詰まった様子で股間にまたがり、もう我慢できないとばかりに濡れそぼった陰唇を亀頭に押し当ててきた。

「くぅっ、史奈さん」

「癒してもらって、いいですか？」

哀願するように問いかけながら、ゆっくり腰を落としてくる。両膝を畳につけた騎乗位の体勢だ。亀頭の先端が肉唇を押し開き、蜜壺にぬっぷりと嵌まりこんだ。

「ああっ、大きい」

史奈の唇が半開きになり、溜め息混じりの喘ぎ声が溢れだす。膣と亀頭を馴染ませるように、軽く腰をくねらせると、再びじわじわと男根を呑みこみはじめた。

「おっ……おおっ」

媚肉に包まれていく快感に、こらえきれない呻き声が溢れだす。久々の感触に心が震えて、思わず涙腺が緩みそうになってしまう。奥歯を強く噛んで、彼女のくびれた腰に両手を添えた。

「はあンっ、奥まで来てます」

史奈は昌幸の腹に手を置き、ついに腰を完全に落としこんだ。

屹立が根もとまで嵌まり、互いの陰毛が擦れ合っている。彼女の体重がかかって股間がぴったり密着することで、より結合が深まった。

「き、気持ちいいです」

「はああっ、この感じ、何年ぶりかしら」

自然と視線が重なり、心までひとつに溶け合ったような気がしてくる。こうして、じっとしているだけでも快感が高まり、先走り液がトクトクと溢れだしていた。

「ダ、ダメっ、ああっ」

女体にぶるるっと震えが走り抜ける。彼女も感じているのだろう、蜜壺がうねって男根を締めあげてきた。

「くっ、し、締まる」

「なかで動いてます、昌幸さんが……あっ、ああっ」

我慢できないとばかりに、史奈が腰を振りはじめる。陰毛を擦りつけるような前後の動きだ。根もとまで繋がったままの男根が、ヌプヌプと出入りを繰り返す。

途端に射精感が高まり、思わず彼女の腰に指を食いこませた。

「もっと、ゆっくり」

「ああンっ、ごめんなさい、とまらないの」

史奈は申し訳なさそうにつぶやくと、腰の動きを加速させる。しゃくりあげるようにして、男根をぎりぎりと絞りあげてきた。

「おおッ、おおおッ」

「久しぶりだから、感じすぎて、あああッ」

目尻をさげた今にも泣きだしそうな顔で、乳房を揺すりながら貪欲に腰を振っている。史奈は恥じらいを残しつつ、抗えない女の性に翻弄されていた。

「そんなに激しくされたら……くおおおッ」

昌幸も下から腰を突きあげる。男根を媚肉で包みこまれて、牡の血がどうしようもないほど沸きたっていた。じっとしていられず、彼女の動きに合わせて男根をピストンさせた。

「あッ、あッ、ダメっ、ああッ」

史奈は戸惑いの声をあげるが、腰の動きを緩めることはない。それどころか、ますます男根を締めつけていた。

「くおおッ、すごくいいです」

快楽の呻きを漏らしながら、両手を伸ばして量感たっぷりの乳房を揉みあげる。尖り勃った乳首を摘むと、蜜壺の締まりがさらに強くなった。

「おおおッ、も、もうっ」

「わたしもです、あああッ」

二人は熱く見つめ合った状態で、絶頂を求めて腰を激しく振りたてた。強い風が吹き抜けて、風鈴がリリリリッと急かすような音を響かせた。

「で、出るっ、おおおッ、出る出るっ!」

ついに膣奥で欲望を爆発させる。彼女の裸体が宙に浮くほど、腰を思いきり突きあげた。男根が別の生き物のように脈動して、大量の白濁液を注ぎこんだ。

「あぁッ、い、いいっ、もうダメっ、あああッ、イクッ、イクイクッ、あぁああああああッ!」

あられもない嬌声を響かせながら、史奈も絶頂に昇り詰める。男根をこれでもかと食い締めて、熱い迸りを膣の奥で受けとめた。

この世のものとは思えない愉悦だった。

昌幸は息を乱して、二度三度と射精した。史奈は大きく仰け反り、絶頂を心ゆくまで堪能すると、胸板に崩れ落ちてきた。

どちらからともなく唇を重ねて、舌を深く絡め合う。唾液を交換して味わうことで、より一体感が深まるような気がした。

いつの間にか雨はあがり、何事もなかったように、風鈴が涼やかな音を響かせていた。

3

昌幸は夢見心地のまま会社に戻り、本日の営業日誌を作成すると早々に退社した。

電車を降りると、アパートまでの約十五分の道のりをぶらぶら歩いていく。途中、雑貨屋の前を通りかかったとき、風鈴を売っているのが目に入った。

ガラスの風鈴に、可愛い金魚が二匹、描かれていた。まるで金魚鉢のなかを泳いでいるようだ。

娘に送ったら、喜んでくれるだろうか。ふとそんなことを考えて、虚しい気持ちになった。

別れた妻がひとり娘を連れて出ていって、もう三年になる。根気がなく転職を繰り返す昌幸に、愛想を尽かしたのだ。それなのに、養育費を工面するため必死に働いている今の仕事が、一番長つづきしているとは皮肉な話だ。

だが、養育費はもう必要ないと断られた。

毎月の支払いは決して楽ではなかったが、父親として家族にしてやれる唯一のことだった。養育費が家族としての最後の繋がりだったのに……。

別れた妻から再婚すると連絡があったのは、先月のことだった。だから、娘にはもう会わないでほしいと懇願された。それが娘のためだと言われると、なにも言い返せなかった。

がんばって仕事をして、いつかよりを戻したいと思っていた。家族三人で暮らすのが、ささやかな夢だった。しかし、心のどこかで無理なこともわかっていた。

史奈が夫のことを諦めているのと同じように……。

風鈴は買わずに、コンビニに立ち寄った。

いつもの発砲酒を手にするが、少し考えて冷蔵ケースに戻した。

(たまには、違うのを買ってみるか)

もう養育費を捻出する必要はなくなったのだ。思いきって、ゴールドプレミアムという少し高めの缶ビールを買ってみた。

十畳ワンルームのアパートが、妻に逃げられた昌幸のねぐらだった。

窓を開け放って蒸れた空気を入れ換える。シャワーを浴びて汗を流すと、卓袱台の前に腰をおろした。

音がないと淋しいのでテレビをつけて、缶ビールのプルトップをプシュッと開けた。直接、缶に口をつけると、喉に流しこんだ。

「苦っ……」

飲み慣れている発砲酒のほうが、口に合っている気がした。それでも、これからは苦いビールを飲みつづけるつもりだ。発泡酒を飲むと、養育費を払っていた日々を思いだしてしまうから。

レースのカーテンが夜風で揺れた。

風鈴をぶらさげていれば、きっといい音色を響かせたに違いない。

「リ……リリ……」

思わずつぶやいた。

すべては夢だったような気がしてくる。妻のことも、娘のことも、そして、史奈のことも……。

ビールを喉に流しこむ。あまりにも苦くて、こらえきれない涙が溢れだした。

4

史奈に会ってから一週間が過ぎていた。

時間が経つにつれて、彼女の存在が心のなかで大きくなった。

夫が出ていったとはいえ、彼女は人妻だ。何度も駄目だと、自分に言い聞かせた。それでも、史奈のことが頭から離れず、悩みに悩み抜いた一週間だった。

そして昨夜、苦いビールを飲みながら、二度と会わないと心に誓った。そう、確かに誓ったはずだった。

ところが、今朝になって出社して訪問販売をはじめると、足は自然と一週間前に訪れた住宅街に向いていた。

とはいえ、葛藤はあった。まっすぐ彼女の家には向かわず、飛びこみの営業をしながら迷いつづけた。

一日中、汗だくになって歩きまわり、気づくと西の空がオレンジ色に染まりはじめていた。

やはり帰ろう。そう思ったとき、
リ、リリ――。
南部鉄風鈴の涼やかな音色が鼓膜を震わせた。

誘われているような気がして、ふらふらと竹林に向かっていた。

緑のなかを歩いていくと、重厚な日本家屋が見えてくる。もし彼女が留守なら、そのときは潔く諦めよう。そう心に決めて、竹林を抜けていった。

風鈴の澄んだ音が心地よく響くなか、縁側に史奈がしどけなく腰掛けていた。

紫陽花が染め抜かれた藍色の浴衣に身を包み、藤色の帯を締めている。黒髪を結いあげて、和紙の団扇を手にしていた。竹の柄を握っている指はほっそりしており、白魚のようだった。

どこか憂いを帯びた表情でうつむいている。

木製のたらいに水を張り、素足を浸けて涼んでいた。たくしあげた浴衣の裾から覗く、白磁のようなふくらはぎに視線が吸い寄せられた。

まるで日本画から抜け出たような光景だった。

昌幸は思わず立ち止まり、呼吸をするのも忘れて見惚れていた。

(綺麗だ……)

そんな陳腐な言葉しか思い浮かばない。

声をかけるのをためらっていると、気配に気づいたのか彼女がふと顔をあげた。

「あ……」

史奈は小さな声を漏らしたが、すぐに目もとをほころばせて柔らかい表情になった。

昌幸は吸い寄せられるように歩み寄り、「どうも」と気の抜けた挨拶をした。

もう少し気の利いたことを言えばよかったと思うが、浴衣姿の史奈を前にして、頭のなかが真っ白になっていた。

「またお会いできると思っていました」

清流のような穏やかな声音だった。

史奈はたらいから足をあげると、脇に置いてあった白いタオルで拭って下駄を履いた。

「今日は夏祭りで、屋台が並ぶみたいなんです。よろしかったら、ごいっしょしていただけませんか？」

夢のようなお誘いだった。昌幸は浮きたつような気持ちで頷いた。

汗で湿ったワイシャツ姿の昌幸と、優美な浴衣姿の史奈は、並んで夏祭りが行われている神社に向かった。

いつの間にか日が暮れて、祭りらしい雰囲気になってきた。参道は、たこ焼きや綿菓子、りんご飴や金魚すくいなど、多くの露店でにぎわっている。小遣いを握り締めた子供たちが走りまわり、若いカップルが肩を寄せ合って歩いていた。

童心に返り、気持ちが軽くなってくる。今なら、胸に抱えこんでいるものを素直に話せる気がした。

参道をぶらぶら歩きながら、さりげなく隣を見やる。史奈はやさしい眼差しで屋台を眺めていたが、視線に気づいて振り向いた。

「楽しいですね」

ふいに声をかけられて、胸の鼓動が高鳴った。昌幸は緊張しながらも、勇気を出して口を開いた。

「あの、お話ししたいことが……」

これから先、彼女とどうなるのかわからない。今夜でお別れになるのかもしれない。それでも、本当の自分を知ってもらいたかった。

なるべく深刻にならないように、じつは離婚経験があること、別れた妻が再婚すること、そのため、もう娘に会えないことなどを、歩きながら打ち明けた。

「ずっと、心のどこかで期待していたんです。いつか寄りを戻せるんじゃないかって……でも、幻想でした」

最後はつい愚痴っぽくなってしまった。

史奈が黙りこんでいるのが気にかかる。うだつのあがらない男だと呆れたのではないか。心配になっていると、彼女は無言で腕を絡めてきた。

「え？　あ、あの……」

ワイシャツの肘が、浴衣の胸の膨らみに触れている。柔らかい感触に、つい気を取られてしまう。

「わかります、昌幸さんの気持ち」

史奈のやさしさが、胸にすっと流れこんできた。

夫に出ていかれた経験があるからこそ、昌幸の気持ちをわかってくれるのだろう。

いつしか露店が途切れている。史奈はそのまま歩きつづけて、昌幸はなにも言わずに従った。やがて、二人は境内の裏にひろがる林に入りこんだ。

あたりは暗く静まり返っている。木々の間から微かに降り注ぐ月明かりだけが頼りだ。参道の喧騒が遠くに聞こえて、まるで別世界に迷いこんだようだった。

「ここなら、誰も来ませんから」

振り返った史奈が、誘うような瞳で見つめてくる。そして、背伸びをして顔を近づけてきた。

「癒してあげます」

「史奈さん……んんっ」

柔らかい唇が触れてくる。昌幸は彼女の腰に手を添えると、突然のキスを受けとめた。

表面が触れるだけの、ついばむような口づけを何度も繰り返す。背伸びする史奈の腰を支えて、自然と下半身を密着させた。

やがて、どちらからともなく相手の身体に手をまわし、抱き合いながらの濃厚なキスに移行していく。

「あふンっ、昌幸さん」

「ンぅっ、また史奈さんとキスできるなんて」

相手の名前を呼んで舌を絡ませる。粘膜をヌルヌル擦り合わせると、一気に気持ちが燃えあがった。

「はンっ……あふふンっ」

彼女の鼻にかかった声を聞きながら、唾液を何度も交換する。身体をぴったり密着させて、愛おしげに背中から尻にかけてを撫でまわした。

すでに、スラックスのなかでは、男根が鉄棒のように屹立している。史奈も浴衣に包まれた尻を、右に左にくねらせていた。

「やだ、わたし……」

唇を離すと、彼女は胸板に顔を埋めてくる。そして、頬擦りをしながら、恥ずかしげにつぶやいた。

「キスだけで、我慢できなくなってきました」

「お、同じです、キスがこんなにいいものだなんて」

昌幸も頭に血を昇らせている。スラックスのなかで硬くなったペニスを、彼女の下腹部に押しつけた。

「あンっ、すごく硬くなってます」

期待の籠もった口調でつぶやくと、股間に指を這わせてファスナーをおろしていく。なかから器用に男根を引きずりだして、ゆるゆるとしごきはじめた。

「おっ、おおっ」

「この間は癒してもらったから、今夜は、わたしが癒してあげたいんです」

史奈は肉胴に絡めた指を、ねっちこく滑らせる。とくにカリ首の周囲を集中的に刺激すると、ふいに昌幸からすっと離れてしまう。そして、近くにあった木に両手をついて、尻を後方に突きだした。

「後ろから……してください」

濡れた瞳で振り返ると、掠れた声で懇願してくる。

昌幸は誘われるまま歩み寄り、恐るおそる浴衣の裾をまくりあげた。

「こ、これは」

白い双臀が露わになり、思わず言葉を失った。両目を大きく見開き、暗闇のなかに浮かびあがったむちむちの尻を凝視した。

両手を尻たぶに重ねて撫でまわす。滑らかな肌の感触に陶然となり、指がどこまでも沈みこんでいく柔らかさに欲望を掻きたてられる。すでに男根は大きく反り返り、切っ先からは透明な涎が滴っていた。

「昌幸さん、もう」

史奈がねだるような視線を送ってくる。昌幸は尻たぶをぐっと割り開き、亀頭を膣口に押し当てた。

「来て、もっと……はンンっ」

「おおおっ！」

軽く体重をかけただけで、亀頭がズブズブと沈みこんでいく。暗くてよく見えないが、膣襞が絡みついてくる感触はよくわかる。一気に根もとまで押しこみ、亀頭の先端で子宮口を押しあげた。

「あううッ、ふ、深い、あああッ」

史奈の腰に震えが走る。奥が感じるのか、肉棒を思いきり締めつけてきた。

「おうッ、これはきつい、おおおッ」

今度は昌幸が呻いて、快楽に腰を震わせる。屋外でセックスするなど初めての経験だ。祭りの喧騒が聞こえてくるから緊張感が高まり、非日常的な興奮を倍増させる。

急速に膨れあがった射精感を誤魔化すため、彼女の背中に覆い被さった。白いうなじにキスの雨を降らせてむしゃぶりつく。女体がビクッと震えて、蜜壺がうねるように蠕動(ぜんどう)した。

「くううッ、そんなに締められたら……」

「ああっ、い、いい、ああンっ」

史奈の喘ぎ声が、境内の裏の林に響き渡る。いつ誰に見つかってもおかしくないという緊迫感が、ますます快感を高めていた。

両手を前にまわして、浴衣の衿もとを開きにかかる。やはりブラジャーを着けておらず、いきなり剝きだしになった乳房を揉みしだいた。

「あっ、ダメっ、ああっ」

「くううっ、史奈さん、最高です」

もうじっとしていられなかった。乳首を指の間に挟みこんで、刺激を送りこみながら腰を振る。ペニスを力強く抜き差しすると、瞬く間に悦楽がひろがり、頭の芯がジーンと痺れてきた。

「あッ、あッ、いいっ、奥っ、ああッ」

「くおッ、気持ち……おおおッ」

射精感をこらえて抽送する。浴衣姿の人妻を、屋外で背後から貫いているのだ。

まさか、自分がこんな刺激的な経験をできるとは思いもしなかった。

「ふ、史奈さん、おおッ、おおおッ」

「もっと、ああッ、もっと突いてください」

史奈が啜り泣くような声で懇願する。昌幸は乳房を揉みしだきながら、全力で男根を抜き差しした。

「おおッ、ぬおおッ」

「はああッ、いい、いいっ」

彼女も喘ぎ声を大きくして身をよじる。膣がさらに締まり、男根を絞りあげてきた。

「くううッ、もう、出そうだっ」

「わ、わたしも、もうっ」

闇に包まれた林のなかで、二人は欲望を剝きだしにして腰を振り合った。

昌幸は奥歯を食い縛って腰を振り、史奈は木の幹に爪を立てて尻を激しく振りたてた。

「おおおおッ、で、出るっ、おおおおおおおッ!」

「はああッ、もうダメっ、イクッ、イクうううッ!」

二人が昇り詰めたのは同時だった。昌幸が熱い迸りを注ぎこみ、史奈はよがり泣きを夜の林に響かせた。

達した後も結合を解かず、執拗に腰を振り合った。

史奈が振り向き、昌幸は唇を重ねていく。情熱的に舌を絡ませると、気持ちがひとつに溶け合った。

薄暗い竹林の小径を、昌幸はひとり歩いていた。

リリリ――。

懐かしい音色が聞こえた気がして、ふと立ち止まる。思わず耳を澄まして苦笑が漏れた。

風鈴の音色ではない。そこかしこから、虫の音が聞こえていた。

初秋を迎えて、朝夕はずいぶん涼しくなっている。このぶんだと、あっという間に寒くなりそうだ。今となっては、うだるような暑さが嘘のようだった。

この数カ月の間に、いろいろなことが起こったが、ようやく落ち着いてきたところだ。

仕事の心地よい疲れを引きずって歩きだす。今日も羽毛布団は売れなかった。

だがこれだけ涼しくなったのだから、きっと明日こそ売れるだろう。

竹林を抜けると、見慣れた日本家屋が待っていた。

玄関の引き戸をガラガラと開ける。途端に味噌汁のいい香りが漂ってきた。一日のうちで、もっともほっとする瞬間だ。

「ただいま」

明かりが灯っている家に帰ってくる喜びを噛み締めて、廊下の奥に向かって声をかける。

「おかえりなさい」

包丁がまな板を叩く音とともに、史奈の穏やかな声が聞こえてきた。

霧に濡れるふたり

1

レンタカーのドアを開けた途端、ひんやりとした空気が車内に流れこんできた。やはり東京とはまるで気温が違う。慌てて薄手のブルゾンを羽織るが、こんなことならセーターを持ってくるべきだったと早くも後悔した。

助手席から降り立った妻も同じ気持ちらしく、春物のコートの上から二の腕を擦っていた。

ゴールデンウィークだというのに意外なほど駐車場は空いている。今にも雨が降りだしそうなほど、空がどんよりと曇っているせいだろうか。

池内昭弘は妻の顔をちらりと見やり、声をかけることなく歩きはじめた。

妻も言葉を発することはない。背後に妻の足音だけを聞きつつ、緩やかな坂道を進んでいく。気温は予想以上に低かったが、さすがに空気は美味い。こういうところに来ると、東京の空気がいかに淀んでいるかがよくわかる。

すぐに鉄製の柵が見えてきた。湖を一望できるという第一展望台だ。

展望台はいくつかあるらしいが、なにしろ急遽決まった北海道旅行なのでガイドブックにもろくに目を通していない。他の展望台とどう違うのかはわからなかった。

「おっ、すごい霧だな」

思わず言葉が溢れだす。噂で聞くとおり、摩周湖は霧で覆われていた。

周囲を絶壁に囲まれているので、お椀のなかにドライアイスの白い煙を溜めこんだような状態だ。対岸の山々は見渡せるが、眼下の湖面はまったく窺うことができなかった。

山には雪がかなり残っている。緑は芽吹いておらず、春の訪れはまだまだ先といった雰囲気だ。この景色を見れば寒いのも納得だった。

霧でけぶる摩周湖と残雪を眺めていると、別世界に迷いこんだような気分になる。ほんの一時でも日常から切り離されて、心が解き放たれるようだった。

羽田空港を発って約一時間半後には釧路空港に降り立ち、レンタカーを二時間ほど飛ばしてここまでやってきた。摩周駅近くの旅館でチェックインを済ませた以外は、どこにも寄らず急いだだけの価値はある。日が暮れる前に、霧の摩周湖を見るのが今日の目的だった。

「これじゃなにも見えないじゃない」

ふいに隣から溜め息が聞こえてくる。

この幻想的な景色を前にしても、妻の智子はつまらなそうな顔をしていた。

「仕方ないだろ。ここは霧で有名なんだ」

腹立たしさをこらえて語りかける。

北海道まで来て喧嘩をしたくなかった。だが、智子はますます不機嫌そうになじりを吊りあげていく。

「霧なんかどこでも見られるじゃない」

強めの口調は周囲にも聞こえたらしい。二組ほどいた老夫婦が、昭弘たちからそっと離れていった。

——霧が晴れている摩周湖を見たカップルは破局する。

摩周湖にまつわる噂話だ。それなのに、智子は霧がかかっている摩周湖を見て怒っている。

(まさか、俺と……)

慌てて首を振り、くだらない想像を打ち消した。いくらなんでも、そこまでは考えていないだろう。

智子は車のなかでガイドブックを眺めていた。摩周湖の水は世界でも指折りの透明度だと知り、興味を示していたので、藍色の湖面を楽しみにしていたに違いない。そう思わなければ、なにか言い返してしまいそうだった。

「霧で真っ白……つまらないわ」

妻の小言を聞くたび、気分が滅入ってくる。

期待していた風景が見られなくてがっかりしたのはわかるが、もう少し言い方はないのだろうか。

そのとき、湖面を覆っていた霧が、意志を持った生き物のように急激にむくむくと膨れあがってきた。そして、展望台をあっという間に呑みこみ、すぐ隣にいる妻の姿まで完全に見えなくなった。

「智子、危ないから動くなよ。しばらくしたら晴れるだろ」

憮然としている智子は黙っているが、この濃霧のなかで歩きまわることはないだろう。

(返事くらいしろよ……)

昭弘は危うく漏れそうになった溜め息を呑みこんだ。

いつから、自分たち夫婦はこれほど冷めた関係になってしまったのか……。

結婚して十年、気づいたときには倦怠期の長いトンネルに入っていた。子供がいないのが距離感を生んだ原因だろうか。いや、仕事が忙しすぎるのがいけないのかもしれない。

昭弘は製薬会社に勤務しており、四十六歳という脂の乗りきった年齢だ。朝から晩まで働きづめで、家に帰れば飯を食って風呂に入って寝るだけという生活を、ここ何年もつづけている。妻の笑顔を最後に見たのはいつだったか……。

五つ年下の妻は、かつて部署は違ったが昭弘と同じ会社で働いており、結婚を機に退職して専業主婦となった。

すべてにおいて標準的な女性で、とくに不満を感じたことはない。四十路を迎えた頃から小じわが目立ってきたが、容姿も悪いほうではないと思う。

だが、妻に対する想いが希薄になっているのは確かだ。真の家族になったといえばそれまでだが、果たして結婚前も恋愛をしていたと言えるかどうか……。

　今でこそ仕事人間の昭弘だが、独身時代は智子以外に気になる女性がいなかったわけではない。しかし、智子といっしょになったことは後悔していなかった。何事も平均的な彼女が、自分の身の丈に合っていると思っていた。

（でも、思いきって告白していたら……）

　濃霧に視界を奪われているせいだろうか。ふと、思い出のなかの女性が、脳裏によみがえってきた。

　思わず苦笑が漏れる。過ぎ去った過去を憂えるより、今を着実に生きることが大切だと思い直した。

「智子……」

　霧のなかに手を伸ばしかける。が、途中で気が変わって手を引いた。年に数度、義務的な行為以外で触れることはない。心配したところで冷たく拒まれるのが落ちだろう。

　ここのところ、夫婦の会話は最小限に減っていた。

　そんな毎日を繰り返していれば、専業主婦の智子が不満を発散できずに溜めこむのは当然のことだった。

わかってはいたが、家に帰ると疲れきっていた。淡々と家事をこなす妻を見て見ぬ振りをしてきたツケが、今まさにまわってきたのだろう。

そこで日頃の感謝の気持ちをこめて北海道旅行を計画した――というわけではない。

五日ほど前に突然決まった旅行だった。

同僚が夫婦で行くつもりで、旅行代理店の北海道ツアーを予約した。往復の飛行機チケットと宿泊施設、それに現地でまわるレンタカーがパックになったものだ。だが、急遽旅行が取りやめになり、キャンセル料を払うのはもったいないから行かないか、と提案された。

ゴールデンウィークの予定はなかったが、降って湧いた話に昭弘は戸惑った。夫婦の仲は正直微妙な状態だ。だが、よく考えてみれば結婚十年という節目だった。せっかくなのでダメもとで誘ってみると、妻は意外にもいっしょに行くと言いだした。

たまには日常から抜け出して、主婦業から解放されたかったのかもしれない。それならば、少しは奥さん孝行しようと思って連れてきたのだが……。

空気の動く気配がする。ようやく霧が晴れてきた。

妻らしき人影がぼんやりと見えてくる。さらに機嫌が悪くなっていないことを祈りながら、あえて明るい声で話しかけた。

「すごかったな。いい土産話になるよ」

「そうね。みんな驚くわ」

めずらしく妻が同意する。その声が、妙に若々しく聞こえたのは気のせいだろうか。

あれだけ濃かった霧がスーッと消えて、綺麗な湖面が露わになった。

「お、見えたぞ……」

昭弘はそこまで言って黙りこんだ。

霧が完全に晴れると同時に、空を覆っていた雲の切れ間から眩いばかりの陽光が降り注いでくる。帯状になった黄金色の光が、先ほどまで妻がいた場所を照らしていた。

思わず目の上に右手をかざす。胸騒ぎがして呼びかけようとしたとき、光のなかから人影がゆっくりと進みでてきた。

「なっ……」

それ以上、言葉が出てこなかった。

妻だと思いこんでいたが、なぜか目の前には見ず知らずの女性が立っていた。

2

「こんなに濃い霧って初めて。びっくりしちゃった」

女性はまるで知り合いのように接してくる。妙になれなれしいが、不思議と嫌な感じはしなかった。

年の頃は三十五、六といったところか。やさしい感じの垂れ目で、唇はぽってりと厚い。栗色のミディアムヘアは緩やかにカールしている。整った相貌なのに、気立てのよさそうな微笑が印象的な女性だった。

(……智子はどこに行ったんだ?)

妻のことを気にしつつも、視線は目の前の女性に惹きつけられていた。

薄いピンク色のブラウスに、クリーム色の膝が隠れる丈のフレアスカート。上着を羽織っていないので、見るからに寒そうだ。ブラウスの胸もとはこんもりと膨らんでおり、腰はくびれている。スカートに包まれた尻はむっちりと張りだしていた。

「冷えてきたわ。そろそろ旅館に戻りましょう」

彼女は自分の腕を擦って身震いすると、自然な感じで微笑みかけてきた。

「え……？」

内心ドキリとしながら周囲を見まわすが、他には誰も見当たらない。彼女は明らかに昭弘に向かって話しかけていた。

「どうしたの？」

小首をかしげるようにして顔を覗きこんでくる。ますます意味がわからなかった。

「あの……どなたですか？」

思いきって尋ねてみると、彼女は一瞬きょとんとしてから驚いたように目を丸くした。

「やだ、転んで頭でも打ったの？」

両手をすっと伸ばして、昭弘の頭部に触れる。怪我がないか調べているらしく、髪の毛のなかに指を差し入れて、遠慮することなく頭皮を撫でまわした。

(どうなってる。智子はどこに行ったんだ？)

突然の出来事に身動きがとれない。そのとき、ふと彼女の目もとのほくろに視線が吸い寄せられた。

「美咲(みさき)……」

つい口走ってしまう。昔想いを寄せていた女性とそっくりの泣きぼくろだった。

「ああ、よかった。私の名前がわかるなら大丈夫ね」

なぜか彼女はほっとしたようにつぶやいた。

(え……本当にあの美咲なのか?)

さっぱり状況がわからない。だが、目の前にいる女性と、記憶のなかの美咲がオーバーラップしていく。

最後に会ったとき、確か美咲は二十三歳だった。あれから十二年、彼女が歳を重ねていけば、きっとこんな素敵な女性になっているだろう。

芝崎(しばさき)美咲。かつて昭弘の部下だった女性だ。

社内一の美人と噂されており、昭弘も密かに想いを寄せていた。だが、彼女が異動したことで、告白できずただの片想いに終わった。そして二年後、昭弘は智子と結婚した。

(どうして芝崎くんが……美咲がここに?)

かつて想っていた女性が、なぜか目の前にいる。そして、妻の姿が消えていた。

「もう、びっくりさせないで。一瞬でも妻の顔を忘れるなんて許さないから」

美咲が悪戯っぽく笑う。屈託のない笑顔だった。

彼女は今、自分のことをはっきり「妻」と言っていた。では、本当の妻である智子はどこに行ってしまったのか。そもそも彼女は本物の美咲なのだろうか。

「ねえ、あなた、寒いわ。行きましょう」

やはり彼女は妻であるように振る舞っている。あまりにも自然で、演技とは思えなかった。

頭が混乱してわけがわからない。思考能力を完全に失い、意識に膜がかかったような状態だ。うながされるまま駐車場に向かい、レンタカーを運転して旅館に戻った。美咲は当たり前のように助手席に座っていた。

旅館のフロントで部屋のキーを受け取った。

先ほどチェックインをしたときと同じ男性だったが、まるで不審がる様子はない。それどころか、「奥様、摩周湖はいかがでしたか?」などと美咲に尋ねていた。

部屋に入ると、美咲はさっそくスーツケースを開けて、昭弘の着替えを用意する。背筋を伸ばして畳に正座する姿勢が美しい。端から見れば、よくできた妻にしか見えないだろう。

「温泉からあがったら、これを着てくださいね」

いつも穿いているトランクスに、美咲の白魚のような指が触れている。ただそれだけで胸がドクンッと高鳴った。

昭弘は曖昧に頷き、ポケットから携帯を取りだした。

とにかく、智子に連絡を取らなければと思った。だが、圏外で繋がらない。それなら旅館の電話からかけようとアドレス帳を開くが、なぜか智子の番号が登録から消えていた。

真っ先に美咲を疑うが、ずっとポケットに入っていた携帯を操作できるはずがなかった。

心がざわついている。流されるまま彼女とふたりきりになってしまったが、この後どうすればいいのだろう。

悩んでいると、ほどなくして仲居が夕食を運んできた。

毛ガニとジンギスカンと鮭のちゃんちゃん焼き。北海道の代表的な味覚を前に、美咲が瞳を輝かせる。

「わあ、美味しそう。あなたも早く座って。冷めちゃうわよ」

「え？　あ、ああ……」

昭弘はいまだに状況を理解できず、すっかり美咲のペースに乗せられていた。固形燃料で熱せられた鉄板の上で、ラム肉がジュウッと美味そうな音をたてている。昭弘は箸で摘み、ふーふーと息を吹きかけて充分冷ましてから頬張った。

「ところで……結婚して何年になるんだっけ？」

さりげなく質問してみる。いったいなにが起こっているのか、美咲がなにを考えているのか、探るつもりだった。

「もう。十年目だから旅行に連れてきてくれたんでしょ」

「そ、そうだった……。えっと、結婚前はずっと俺の部署にいたんだよな？」

「なに言ってるのよ。結婚して退職する二年前に異動したじゃない。あ、まさかと思うけど、異動の直前に告白してくれたことまで忘れてないわよね？」

「え？　お……覚えてるよ……もちろん」

こめかみから冷や汗が噴きだして流れ落ちる。

今ひとつ噛み合わない会話がしばらくつづいた。彼女は昭弘の実家のことなど、身内でなければわからない質問にも淀みなく答えていった。

美咲はカニの身をほじることに夢中になっている。

十年前に結婚したことになっているが、実際の美咲は異動して半年後に退社している。不倫をしているという根も葉もない噂が流れて会社に居づらくなり、田舎に帰ったらしい。美人過ぎたため、同性からやっかまれていたようだった。

(どうなってるんだ……)

まるで別世界だ。智子ではなく、なぜか美咲が妻になっている。だが、そんなSFじみた話をにわかに信じられるはずがなかった。

「あなたのカニも剝きましょうか?」

「ああ……智子のぶんが終わったら……」

つい本当の妻の名前を呼んでしまう。別に悪いことをしたわけではないのに、背筋がひんやりと冷たくなった。

「ともこ……って、智子先輩のこと?」

美咲が怪訝そうな瞳を向けてくる。彼女が異動した部署に、智子が勤務していたのでふたりは知り合いだった。

「智子先輩がどうしたの?」

「い、いや……どうしてるのかなと思ってさ」

「わたしが移った直後くらいに、上司の権藤さんに猛アタックして、半年くらいで結婚したじゃない」

衝撃の事実だった。権藤和夫(かずお)は昭弘の同期だ。どうやら、智子は権藤と結婚していることになっているらしかった。

3

「ああ、いい湯だったわ」

部屋に戻ってきた美咲は浴衣姿だった。

濡れた後れ毛を直す仕草が艶っぽい。こんもりと膨らんだ浴衣の衿もとに手を添えるだけでもドキッとする。ちょっとした身のこなしに、智子が失ってしまった色気が感じられた。

「男湯はどうでした？」

「ああ……」

昭弘は布団の上に胡座を掻き、視線をそらしていった。

温泉に浸かりながらじっくり考えた。とはいえ、この不思議な現象に答えなど出るはずがない。考えれば考えるほど、深みにはまるような気がした。

長湯してのぼせそうになりながら部屋に戻ると、すでに布団が二組敷いてあった。このままだと、美咲と並んで寝ることになる。そんなことが許されるのだろうか。

美咲が直属の部下だった頃、何度かふたりで食事に行き、いい雰囲気になったこともある。だが、彼女の美しさに気後れして、あと一歩を踏みだすことができなかった。あのとき、勇気を出して告白していたら……。

「ねえ、なんかヘンよ」

美咲が寄り添うように横座りする。肩と肩が触れ合って、途端に胸の鼓動が速くなった。

「な、なにがだい？」

声が上擦り、まともに顔を見ることができない。すると、美咲は甘えるように、さらに寄りかかってきた。

「展望台でもおかしなこと言ってたし、なんか心配だわ」

「大丈夫だよ……うっ」

横目でチラリと見やった瞬間、思わず鼻血が噴きだしそうになった。

（お、おい、ノーブラじゃないか）

浴衣の衿もとが乱れて、白い乳房の谷間が覗いている。切なげな表情とあいまって、いかにも柔らかそうな巨乳が男心をくすぐった。

まずいと思ったときには、男根がむずむずと膨らみはじめていた。胡座を掻いて浴衣で覆われた股間が、瞬く間に盛りあがってしまう。美咲に気づかれる前に誤魔化そうと思うが、寄り添われていてはどうにもならない。

「そ、そろそろ寝るか。ほら、自分の布団に……」

「奥さんにくっつかれるのが迷惑?」

美咲は腕を絡めて、媚びるような瞳で見あげてきた。

「いや……そういうわけじゃ……」

もちろん迷惑なはずがない。だが、昭弘にとっての美咲は妻ではなく、かつて想いを寄せていた女性だった。

まっすぐ見つめられて、どうすればいいのかわからない。押し倒したい衝動に駆られるが、社会人としての理性が邪魔をしていた。

「ううっ……」

そのとき、浴衣の上からペニスをそっと握られて、思わず呻き声が溢れてしまう。軽く触れられただけで、痺れるような快感が股間から全身へとひろがった。

「こんなに大きくしてるじゃない」

美咲は扇情的な流し目を送ってくると、「ふふっ」と妖艶な笑みを浮かべる。そして、浴衣のなかに手を忍ばせて、トランクス越しに男根を摑んできた。

「うくっ……ま、まずいだろ……」

「別にいいじゃない。旅館って、なんだかエッチな気分にならない？」

美咲に臆するところはない。昭弘は不倫をしているような気分だが、やはり彼女のなかでは夫婦なのだろう。男根を握られたまま肩を押されて、布団の上に仰向けに倒された。

「今夜はわたしがサービスしてあげる」

美咲は隣に正座をして、ねっとりと発情したような瞳を向けてくる。もちろん、彼女のこんな色っぽい表情を見るのは初めてだった。

「み……美咲……」

「忙しいのに北海道に連れてきてくれたんだもの。今度はわたしが天国に連れていってあげる」

困惑する昭弘のことを、遠慮していると勘違いしているらしい。美咲は浴衣の帯を勝手にほどくと、いきなり前を大きくはだけさせた。

最近肥えてきた腹まわりを、かつて想いを寄せていた女性に見られるのは恥ずかしい。だが、美咲にすれば見慣れた夫の体なのだろう。中年太りを気にする様子もなく、トランクスのウエストゴムに指をかけてきた。

(本当に……いいのか?)

迷いながらも尻を持ちあげる。すると、あうんの呼吸でトランクスが素早くおろされた。硬直した男根がブルンッと鎌首を振って剝きだしになると、美咲はうっとりとした様子で溜め息を漏らした。

「いつ見ても素敵……」

トランクスを完全に足先から抜き取り、浴衣も完全に脱がされる。自分だけ全裸で仰向けになっていると、さすがに羞恥がこみあげてきた。

(で、でも、一応夫婦だからな……)

ここは堂々としているしかなさそうだ。

昭弘がうろたえれば、彼女を不安がらせることになる。不思議な現象を説明したところで、信じてもらえるはずがない。霧のなかで転んで頭を打ったと思われるに決まっていた。

なにしろ、彼女のなかでは、すでに十年間寄り添った夫婦なのだから……。

「うっ……」

臍に彼女の唇が触れて、思わず小さな声が溢れだした。

美咲は正座の姿勢から上半身を伏せている。ピンク色の舌先で、臍の穴をほじるようにくすぐられた。

「お、おい……ううっ」

脇腹に両手を添えて、指をさわさわと動かされるのもたまらない。瞬く間に官能を鷲摑みにされ、いきり勃ったペニスがビクンッと脈打った。

美咲は臍の穴をたっぷり潤すと、唇を下半身へと滑らせていく。しかし、勃起した男根には触れずに横を通り過ぎ、太腿から膝へと唾液の筋をつけながら移動する。舌先を覗かせて皮膚を舐めまわしては、さらに脛へとおりていった。

「うくっ……な、なにをするんだ?」

焦らされるような刺激に、思わず下肢が震えてしまう。大きく膨らんだ亀頭の先端からは、透明な我慢汁がトロトロと溢れだしていた。

「あなたの好きなこと、全部してあげる」

美咲はくるぶしを舐めると、唇をつま先へと向かわせる。そして、躊躇することなく足指をぱっくりと咥えこんだ。

「おおっ……そ、そんなことまで……」

親指をフェラチオするようにしゃぶられて、指の股にまで舌がヌルヌルと這いまわってくる。鳥肌が立つような快感がひろがり、無意識のうちに腰を突きあげていた。

「気持ちいいでしょう？　はむぅっ」

美咲は足の指を一本いっぽん口に含んでは、清めるように丁寧に舐めまわしてくる。反対側の足指もねぶりまわされて、昭弘はいつしか快楽にどっぷりと浸っていた。

（本当に……夢じゃないのか？）

淡泊だった智子とは正反対の、献身的で情熱的な愛撫だ。嫌でも気分は盛りあがり、この先を期待してしまう。

美咲が脚の間に移動して、反り返ったペニスにそっと手を添えてくる。そして、顔を近づけてきたと思うと、昭弘の目を見つめながら亀頭に唇を触れさせた。

「ん……すごく熱い」

カウパー汁が付着するのもかまわず、プラムのように張り詰めた肉塊を呑みこんでいった。

「み……美咲……くぅうっ」

社内で一番の美人だった美咲が、ペニスをしゃぶってくれている。そのビジュアルだけでも興奮を誘うのに、テクニックが半端ではなかった。

裏筋に舌を這いまわらせて、同時に唇で肉胴を締めつけてくる。ほっそりとした指を根もとに絡みつかせてシコシコとあやしつつ、もう片方の手で陰嚢をやさしく揉んできた。

「あふンっ……大きい……はむンンっ」

美咲の嬉しそうな声が聞こえてくる。フェラチオを嫌がる智子とは対照的に、さも美味そうに男根を頬張っていた。

さらには肛門にまで指が這いまわり、ねっとりといじりまわされる。フェラチオされながらのアナルマッサージはあまりにも強烈だった。

「そ、そんなことまで……くううっ」

「はむっ……んふっ……むふンっ」

彼女が漏らす悩ましい鼻声も、性感を妖しく煽りたてる。首をリズミカルに振られて男根をしごかれると、早くも射精感がこみあげてきた。

「も……もう……」

もう少しで出てしまいそうだ。すると昭弘の昂ぶりを感じ取ったのか、美咲はペニスを根もとまで呑みこむと、喉の奥で亀頭を締めつけてきた。

「ううぅッ、み、美咲っ、ダメだ……ぬおおおおッ！」

とてもではないが我慢できなかった。昭弘は低い声で呻きながら、彼女の口内にドクドクッと欲望を放出していた。

「ンむううッ……ンっ……ンンっ……」

美咲は苦しげに眉根を寄せながらも、どこかうっとりした様子で注ぎこまれる端からザーメンを呑み干していった。

強烈な射精感が通り過ぎて、頭のなかが真っ白になる。昭弘は呆けたように旅館の天井を見つめていた。

口内射精は初めての経験だ。しかも精液まで呑んでもらえるとは、至高の快楽だった。

だが、夢のような体験は、これで終わったわけではないらしい。美咲が浴衣の帯をほどきながら、昭弘の股間にまたがってきた。

（もしかして……このまま……）

期待せずにはいられない。夢なら覚めないでくれと、無意識のうちに願っていた。

美咲の仕草は妖艶だった。見られていることを意識しているのだろう。肩を滑らせるようにして浴衣を落とすと、たっぷりと中身の詰まった大きな乳房を露わにした。

魅惑的な丘陵の頂点には、淡いピンク色の乳首がちょこんと乗っている。くびれた腰から尻につづく曲線が、言葉にならないほど悩ましい。パンティも穿いておらず、こんもりとした恥丘が剝きだしになっている。黒々と茂った陰毛が、まるで誘うようにそよいでいた。

「……綺麗だ」

思わず感嘆の溜め息が溢れだす。

かつて彼女が部下だった頃、何度も夢想したヌードが目の前にある。智子の熟れすぎた身体とは異なり、極上のプロポーションを保っていた。

「やだ、あなたったら、あらたまって」

美咲が恥ずかしそうに頰を染める。そして、照れ隠しなのか指を男根に絡めてきた。

「ふふっ……まだこんなに硬い」

長年連れ添った夫に対する安心感と、淫靡な女の本性が滲んだ笑みだった。

射精直後にもかかわらず、昭弘のペニスは激しく反り返っている。こんなことは初めてだった。しかし、美咲にとっては当たり前のことらしい。肉胴をやさしくしごきながら、濡れた瞳で見おろしてきた。

「あなた、強いから好きよ」

亀頭の先端が柔らかい部分にヌチャッと触れる。両膝を布団に突いた姿勢で、ヒップをゆっくりと落としこんできた。

「あンっ……やっぱり硬い」

甘い囁きとともに、ズブズブと沈みこむような感覚に囚われる。やがて股間がぴったりと密着して、熱化したペニスが根もとまで生温かい媚肉に包まれた。

「くおっ……こ、これが、美咲の……」

くびれた腰に両手を添えると、騎乗位でひとつになったという実感が湧きあがる。

じつは妻とは騎乗位の経験がない。昭弘が求めても、智子は絶対にまたがろうとしなかった。だから、なおのこと深い結合感に夢中になってしまう。

「お、奥まで来てる……あなたのが奥まで……ああンっ」

美咲が掠れた声でつぶやき、我慢できないとばかりに腰を振りはじめる。前後にしゃくりあげるようにして、肉柱を抽送させてきた。

「くうっ……す、すごい……」

瞬く間に猛烈な快感の波が押し寄せてくる。熟れた媚肉の感触は強烈だ。蕩けるように柔らかいのに、カリ首をこれでもかと締めつけてくる。陰毛同士がシャリシャリと擦れ合う音も卑猥だった。

「あっ……あっ……」

美咲も悩ましく美貌を歪めている。眉を八の字にたわめながら、さらに腰の動きを加速させた。

「奥に当たるの……ああっ、先っぽが奥に……」

慣れ親しんだ夫の肉棒を膣奥で感じることで、淫蕩さを剝きだしにして昂ぶりだす。半開きになった唇の端からは、透明な涎が溢れだしていた。

美咲は両手を昭弘の胸板に置き、指先で乳首をくすぐってくる。それだけで射精感がぐんと高まってきた。

昭弘も反撃とばかりに手を伸ばし、彼女の豊満な乳房を下から揉みあげていく。肌はしっとりと吸いつくようでありながら滑らかで、乳肉は奇跡のように柔らかい。指が沈みこんでいく感触に陶然となり、真下からズンズンと腰を突きあげた。

「あうっ、それ感じる……あッ……ああッ」

美咲の喘ぎ声が高まり、蜜壺が強烈に収縮する。濡れそぼった襞が男根に絡みつき、まるで奥に引きこもうとするように蠕動した。

「うおっ……も、もう……」

「ああッ、わたしも……あなた、来て、あああッ、来てっ」

あなたと呼ばれるたびに気分が高揚する。これこそ昭弘が心の奥底で求めていた男女の交わりだった。

美咲が腰をしゃくりあげれば、昭弘は男根を奥まで抉りこませる。ふたりは息を合わせて腰を振りたくり、遥かなる高みを目指して昇りはじめた。

「おおおッ、み、美咲っ」

もうなにも考えられない。思いきり腰を突きあげると、男根を膣奥に埋めこんで激しく脈動させた。

「うぬぬっ……うおおおおッ！」

「ひああッ、奥にいっぱい、ああッ、すごいっ、わたしもイキそう、ああああッ、イクっ、イッちゃうううッ！」

射精と同時に美咲も腰をガクガクと震わせる。あられもないよがり啼きを響かせて、瞬く間に昇りつめていった。

美咲が騎乗位で繋がったまま倒れこんでくる。全力疾走した直後のように息を切らしながら、汗ばんだ首筋にチュッと口づけしてきた。

「ああん……素敵だったわ」

「俺も……すごくよかったよ」

これほど情熱的なセックスは初めてだった。視線を絡め合わせると、どちらからともなく自然と唇を重ねていた。

4

翌朝になっても、状況はなにも変わっていない。口を開けば小言ばかりの妻は消えたままだった。

昭弘はなす術（すべ）もなく、座椅子にぼんやりと腰掛けていた。

「すぐにお茶を煎れますね」

座卓の向こう側から、美咲が微笑みかけてくる。浴衣を着て正座した姿は、相変わらずの美しさだ。

昭弘は鷹揚に頷きながら、昨夜のことを思いだしていた。

智子との夜の生活とは比べ物にならない、極上の快楽を味わわせてもらった。思いだすだけで、股間がズクリと疼いて勃起しそうになるほどだ。

智子には拒絶されてきたことを、いろいろと体験できた。きっと他の要求にも応じてくれるような気がする。

美咲となら結婚後十年経っても、昨夜のように熱く交わることができるのだろう。

なにが起こったのか、いまだに理解できていない。だが、美咲と夫婦になっていることだけは確かだった。

あのとき告白していれば、という胸の奥に隠し持っていた思いを叶えたことになっている。しかも、本当の妻である智子は別の男——同期の権藤和夫と結婚しているという。

(もう、戻れないのかもしれないな……)

苦楽をともにした妻のことを考えると、胸の奥がチクリと痛む。だからといって、戻る方法などわからなかった。

この奇妙な現実を受け入れるしかないのかもしれない。そう思ったとき、目の前に湯飲みがトンと置かれた。

「はい、どうぞ」

無言で頷き手を伸ばす。そして、ひと口飲んだ途端、目を大きく見開いた。

「熱っ！」

極度の猫舌で、熱いお茶が苦手だった。喉が灼け爛れるような気がして、眉間に深い縦皺を刻みこんだ。

「ごめんなさい、大丈夫？」

美咲が心配顔で声をかけてくる。昭弘は右手をあげて大丈夫と合図しながら、何度も唾を呑みくだした。

（そういえば、こんなこと久しぶりだな……）

新婚当初、智子とも似たようなやりとりがあった。

以来十年間、熱すぎるお茶を出されたことは一度たりともない。料理にしてもそうだ。猫舌の昭弘に合わせた適温の料理が、当然のように食卓に並んでいた。

智子のことを思うと、不服そうな顔しか浮かんでこない。それでも気を遣ってくれていたのだろう。

最初の頃は丁寧な家事に感心することが多かった。だが、それがだんだん当たり前になってしまい、妻の気遣いは日常に埋もれていった。

（智子……俺は……）

今頃になって思う。

結婚して十年、感謝の言葉を一度でも口にしたことがあっただろうか。いったい、智子はどうしているのだろう。

「あなたの奥さんになれて幸せよ」

ふいに美咲が座卓をまわりこんでくる。そして、すぐ隣に横座りすると、甘えるような瞳で見つめてきた。

「わたしのこと、愛してる？」

「え……あ、うん……」

即答できずに言い淀んでしまう。美咲はなにかを感じ取っているようだ。おそらく〝妻〟の勘で、夫の心の揺らぎに気づいているのだろう。

「ちゃんと言って」

肩にしなだれかかりながら、上目遣いに見つめてくる。彼女の不安な気持ちが伝わってくるからこそ、いい加減なことは言えなかった。

「もう。いつも肝心なこと言ってくれないんだから」

美咲の拗ねたようなつぶやきが、胸の奥に突き刺さる。確かに、これまで大切な言葉を何度も言いそびれてきた。

美咲には告白したことになっている。それならば、智子にも感謝の気持ちを伝えたかった。

（このままじゃダメだ……）

もう後悔だけはしたくない。やり直せるかどうかはわからないが、ひと言「ありがとう」と言いたかった。

5

昨日とは打って変わり、今朝の摩周湖は晴れ渡っていた。

第一展望台からは、妻が見たがっていた透明度の高い湖面が見渡せる。だが、昭弘の隣に立っているのは、長年連れ添った智子ではなかった。

「やっぱり綺麗ね」

美咲の脳天気な言葉が胸をざわつかせる。昭弘は答えることなく、智子の姿を捜して展望台を歩きまわった。

本当はひとりで来るつもりでいた。だが、美咲がいっしょに行くと言いだして、断る理由が思いつかなかった。

(智子はどこにいるんだ……)

予想していたことだが、やはり妻の姿は見当たらない。

美咲の言葉が正しいなら、智子はすでに結婚しており、東京で暮らしていることになる。そうなると摩周湖で会えるはずはないが、しかし昨日は確かにここで並んで立っていたのだ。

「ねえ、あなた……なにかヘンよ」

「他の展望台に行く」

智子のことが気になって、今は美咲と話す気分になれない。声を振り払うように駐車場に向かって歩きだした。

摩周湖には他にもいくつか展望台があると聞いている。無駄なことだと頭の片隅ではわかっていた。それでも、考えられる場所をすべてまわり、智子を捜すつもりだった。

駐車場に停めてある白いレンタカーが見えてくる。すると背後から無言でついてきた美咲が、突然手首を摑んで引っ張りはじめた。

「どこに行くんだ？」

有無を言わせない力だった。尋常ではない意志の強さを感じ、黙って従うことにした。

美咲は駐車場の脇にある林のなかへと分け入った。緑は芽吹いていないが、頭上には枝が張りだしており日射しが遮られている。天気はいいのに薄暗い。奥へ進むにつれて気温が低くなり、木の根もとにはちらほらと雪が現れた。

「ここに来て」

美咲の指示で、昭弘は太い木に寄りかかる。すると、すかさずスラックスの上から股間をねっとりと撫でまわされた。

「お、おい……」

「いいじゃない。したくなっちゃった」

ブルゾンの胸板に頰を押しつけて、懇願するような瞳で見あげてくる。

「今はこんなことしてる場合じゃ……」

途中ではっと言葉を吞みこんだ。

じつは本物の妻を捜しているなどと、美咲に言えるはずがない。智子を取り戻せば、結果として美咲を否定することになると今、気がついた。

「やっぱりおかしいわ。なにかあったの？　わたしにも言えないこと？」

瞳の奥には悲しみの色が見え隠れしている。昭弘の行動に不安を感じているのだろう。だが、股間をまさぐる手つきは、あまりにも卑猥だった。

「ううっ……」

こんなときだというのに男根は反応して、むくむくと膨らみはじめてしまう。瞬く間に生々しい形がスラックスの股間に浮かびあがった。

「ああ、もう……我慢できない」

美咲はスカートを捲りあげると、ストッキングとパンティを膝までおろしていく。そして、木の幹に両手を着き、背筋を悩ましく反らしていった。

むっちりした逆ハート型のヒップを、真後ろに突きだすポーズだ。屋外で尻を剝きだしにして誘うなど、智子ではあり得ないことだった。

「わたしだけを見て……お願いだから」

「み、美咲……」

かつての部下が、ここまで淫らになっている事実に驚かされる。智子のことを心配しつつも、トランクスのなかはカウパー汁でヌルヌルになっていた。求められていることが、男として単純に嬉しかった。

(どうせ……もう、智子は……)

よりによって、同期入社の男と結婚しているという。それを思うと黒い嫉妬が湧きあがり、すべてをぶち壊したい衝動に襲われた。

駐車場からずいぶん離れたので、木陰なら誰にも見られることはないだろう。昭弘はベルトを外すと、スラックスとトランクスを一気におろした。

男根は臍を打つ勢いで反り返り、亀頭は我慢汁にまみれて妖しい光を放っている。冷気が砲身にまとわりついてくるが、興奮のほうが上回っている。むっとするような牡臭が、摩周湖の林のなかにひろがった。

「ああん……早くぅ」

美咲のせがむ声が、鼓膜を甘く振動させる。尻肉を鷲摑みにすると、男根の切っ先を背後から膣口に押し当てた。

すでに花びらは濡れそぼっており、亀頭を巻きこむようにしながら吸いついてくる。自然と男根が迎え入れられて、泥濘のなかにズブズブと沈みこんでいった。

「あふうっ、入ってくる……あああっ」

美咲の感極まった声が、さらなる興奮を誘う。昭弘は腰をぴったりと押しつけて、硬直したペニスを根もとまで深々と埋めこんだ。

「おおっ……し、締まる」

膣道全体がウネウネと蠢き、咀嚼(そしゃく)するように男根が絞りあげられる。蕩けそうな快感が押し寄せて、たまらず腰が前後に動きはじめた。

「ああっ、いきなり……はううっ」

「み、美咲っ……くううっ」

屋外でセックスするのも、立ちバックで挿入するのも初めての経験だ。興奮のあまりピストンがどんどん早くなる。愛蜜の弾けるピチャピチャという音が響き渡った。

「あっ……あっ……」

美咲の切れぎれの喘ぎ声を聞いて昂ぶりながらも、胸が苦しくなるような罪悪感がひろがっていく。頭の片隅で智子を思いつつ、欲望に流されて男根を抜き差ししていた。

(俺は……俺はなにをやってるんだ)

捜しても無駄だと投げやりになっている。諦念が大きくなるほどに、昭弘の心は荒んでいった。

「どうしてこんなことに……くっ……くううっ」

自分への苛立ちをぶつけるように、腰の振り方をさらに大きくする。張り詰めた男根をズボズボと抽送させて、極上の女体を責めたてた。

「あああッ、すごい、あなたっ、すごいのぉっ」

美咲は髪を振り乱し、あられもない声でよがり啼く。木の幹に爪を立てて、ブラウスの背中を弓なりに反らしていた。

「くおっ、吸いこまれる……うぬううっ」

膣が激しく収縮して、男根が奥に引きこまれる。昭弘は奥歯を食い縛り、さらに力強く腰を振りたくった。

背中に覆い被さって両手を前にまわし、ブラウスのボタンを外して胸もとをはだけさせる。そしてブラジャーのカップから、ボリューム満点の乳房を剥きだしにした。

「ああっ、恥ずかしい……あああっ」

両手で柔肉を揉みながら腰を使えば、美咲は羞恥と歓喜の入り混じった声をあげる。すでに乳首はコリコリに尖り勃ち、刺激してもらうのを待ち望んでいた。

（智子、すまん……俺は、もう……）

妻のことを思うと、不覚にも涙が溢れそうになる。胸底で謝罪すると同時に、双つのポッチをギュッと摘みあげた。

「あううッ……」

美咲が苦痛と快楽の入り混じった声をあげる。さらに指先に力をこめれば、成熟した女体が悩ましくうねりだした。

「あッ……い、いい……ああッ」

性感が限界近くまで高まってきたらしい。美咲はヒップを左右に揺すりながら、背後に色っぽい流し目を送ってきた。

「ああンっ、もう……苛めないで」

「乳首が硬くなってるぞ、こんなことされて感じるのか？」

つい口調が乱暴になってしまう。美咲が悦びの声をあげるほどに苛立ちが募っていく。智子以外の女と交わる罪悪感が、昭弘の心をどこまでも荒廃させていた。

「も、もっと……ああッ、もっと突いて」

「くっ……なんていやらしい女なんだ」

智子だったらこんな淫らな反応はしないはずだ。慎ましく身悶えるだけで、絶対に自分からねだるような浅ましいことはしなかった。

こめかみに血管を浮きあがらせて怒りながらも、男根を強く締めつけられると先走り液が溢れだす。たまらず腰を突きあげると、亀頭の先端がコリッとした場所にぶつかった。

「ああッ、そ、そこ……」

どうやら子宮口らしい。連続してノックしてやれば、美咲の背筋がビクビクと震えはじめた。

「激し……ああッ、いい、そこ、いいっ……あッ、あッ」

悩ましい喘ぎ声を振りまきながら、さらなるピストンをねだるように腰をくねらせる。だから昭弘も遠慮することなく、獣のように男根を打ちこんでいった。

(俺は……俺は最低だ!)

欲望に流されてしまった自分を恥じながら、絶頂に向けて腰を振りたくる。心のなかで智子に謝るたび、背徳的な快感が膨れあがった。

「ああああッ、感じる、あなた、わたし、もう……」

美咲の喘ぎ声が切羽詰まってくる。昭弘もこみあげてくる射精感にまかせて、全力で男根を抜き差しした。

いつの間にか霧が出てきて、あたりが白くなっている。だが、絶頂に向かっているふたりには関係ない。呼吸をぴったり合わせて腰を振り、アクメへの急坂を駈けあがっていった。

「あッ、あッ、もうダメ、イキそう、あああッ」

「お、俺もだ……ううっ」

もう一刻の猶予もならない。くびれた腰をがっしり摑み、ラストスパートの杭打ちに突入した。

「ああッ、すごい、あッ、あッ、イクっ、イッちゃううッ！」

「し、締まるっ、おおおッ、うおおおおおおッ！」

美咲が昇り詰めると同時に、昭弘も膣奥でザーメンを迸らせる。罪悪感にまみれながらの射精は、悲しいほどの心地よさだった。

霧はいっそう濃くなり、ふたりを完全に包みこんでいく。昨日と同じように、目の前の美咲の背中も見えなくなった。

だが、ペニスは根もとまで押しこんだままだ。最後の一滴までザーメンを吐きだしながら、深いオルガスムスの余韻を堪能していた。

「ああ……すごくよかったわ……」

霧のなかから満足げな声が聞こえてくる。昭弘も無言で頷くと、霧がスーッと引きはじめた。男根が埋まっているヒップの狭間が見えてきたとき、空から眩い光が振り注いだ。

（なんだ……これは？）

頭上にはたくさんの枝が張りだしているはずなのに、目を開けていられないほどの光量だった。

美咲の細腰をぐっと摑み、目を細めて耐えるしかない。

ようやく光が消え去り、静寂が戻ってくる。しかし、次の瞬間、昭弘は自分の目を疑った。

「え……？」

木に両手を着いて尻を突きだしているのが、どういうわけか美咲ではなくなっている。深々と繫がったままの女体が、いつの間にか本物の妻に変わっていた。

「はぁ……和夫さん……」

智子がうっとりした表情で振り返る。そして、一瞬の間を置き、双眸を大きく見開いた。

「あ……あなた！」

よほど驚いたらしく、頰の筋肉が引きつっている。

状況が理解できなかった。昭弘も言葉を失い、金魚のように口をパクパクさせていた。

先ほど智子は「和夫さん」と口走っていた。和夫とは、昭弘の同期である権藤和夫のことではないか。

混乱しながらも、美咲の言葉を思いだす。

智子は権藤と結婚したと言っていた。権藤はかつて智子の上司だった。昭弘が部下の美咲を気にしていたように、きっと智子は権藤に恋していたのだろう。

智子は振り返ったまま唇をわなわな震わせたかと思うと、あっという間に瞳を潤ませた。

きっと妻も、同じように向こうの世界に行っていたのかもしれない。そして、心残りだった告白をして、夢の時間を過ごしてきたのではないか。

摩周湖の霧には、そう思わせるだけの神秘性があった。

智子の頬を静かに涙が流れ落ちていく。

現実の世界に戻れた嬉し涙か、それとも夢から覚めた悲しみの涙か……。

昭弘がそうだったように、小さな幸せに気づいて戻ってきてくれたと信じたかった。

夜桜ワルツ

1

——三月で廃校になるんだよ。それで、みんなで集まろうって話になってさ。

一カ月ほど前、地元の友人から、東京に住んでいる井畑大貴（いばただいき）のもとに連絡があった。

かつて通っていた小学校が、校舎の老朽化と少子化にともない、隣の学区と統合されることになったという。そんな話を仲間内でしているうちに、同窓会の案が浮上したらしい。

大貴は静岡県三島市の生まれで、高校を卒業すると同時に東京の大学に進学した。その後、大手家電メーカーに就職したこともあり、それなりに順調な人生を歩んでいるつもりだった。

そう、つもりだったのだ。

営業部に配属されて、長年真面目に働いてきた。ところが、昨年の人事異動で移ってきた上司と折り合いが悪く、系列の販売店へ出向になった。

三十六歳になった今、胸にあるのは虚無感だけだ。

出世コースから完全に外れて、慕ってくれていた後輩たちも離れていった。これまでやってきたことを、すべて否定された気がした。ただただ虚しかった。

気分転換がしたい。そう思っていたときに、同窓会の誘いを受けた。日常生活から離れて、自分を見つめ直すいい機会だと思った。

四月最初の土日を利用して帰郷した。

新幹線を使えば一時間あまりの距離なのに、盆と正月以外は戻っていない。故郷の土を踏むと、嫌でも思いだしてしまうことがある。避けているつもりはなかったが、忙しさを理由に逃げていたのだろう。

とりあえず、荷物を置くため実家に寄った。

年老いた両親は末っ子の帰省を喜んでくれたが、大貴の心はすでに同窓会に向いていた。

久しぶりに会いたい人がいる。どうしても忘れられない大切な人だ。結局のところ、彼女に会いたくて帰郷したのかもしれない。

期待と不安は胸のうちで膨らむ一方だった。

――果たして彼女は来るだろうか。

午後になって家を出た。会場はかつて通っていた東野戸(ひがしのと)小学校。すでに電気がとまっているので、まだ明るい午後二時からはじまる予定になっていた。

故郷の澄み渡った青空の下、二十数年ぶりに通学路をのんびり歩く。小学校は小高い山の中腹にある。だらだらつづくのぼり坂は、小学生には少々つらいものだった。

アスファルトの路面はひび割れがあり、ところどころ穴もあいている。割れ目のそこかしこから、雑草が逞しく伸びていた。

下校のときは、この坂を一気に駆けくだるのが楽しかった。危ないので禁止されていたが、当時の男児が守るはずもない。転んで膝を擦り剝いても、次の日にはまた走っていた。

懐かしさがこみあげてくる。昔はただただ楽しいことを探し求めていた。子供時代のように、無邪気なままでいられたら……。

（あの頃はよかったなぁ）

胸底でぽつりとつぶやいた。

途端にひどく老けこんだ気がしてくる。戻らない日々を懐かしんでしまうのは、今が思うようにいっていないからだろう。

いつしか、額に汗が滲んできた。

立ちどまって薄手のブルゾンを脱ぐと、右手の甲で額を拭った。視線の先には古ぼけた木造二階建ての校舎がある。雨風を受けて黒っぽく変色した外壁が歴史を感じさせる、六年間通った学舎だった。

昇降口の扉は開け放たれていた。

木製の下駄箱の前を通り過ぎると、あがり口にスリッパが並べてあった。参加者のものと思われる男女の履き物もあり、にわかに胸の鼓動が速くなる。さっそくスリッパに履き替えると、板張りの廊下を進んでいった。

階段をミシミシ軋ませながら二階にあがっていく。在籍していた六年二組の教室が会場だ。『六―二』と書かれた札のある教室を覗くと、二十人ほどの男女の姿が視界に飛びこんできた。

「お！　大貴っ」

誰かが声をあげて、視線がいっせいに向けられる。

「どうも……」

思わず気圧（けお）されながら、大貴は軽く会釈を返した。

「受付はこっちだぞ」

「そろそろはじまるよ」

みんなが笑顔で迎えてくれる。自分の顔を覚えていてくれたことが単純に嬉しかった。少しの緊張と安堵感を胸に、教室に足を踏み入れた。

昔は子供たちの習字や絵が壁一面に貼られていたが、廃校になったのでなにもない。画鋲の穴が無数にあいた壁が剝きだしで、やけに殺風景に感じられた。

ただ、前方の黒板には赤や黄や青のチョークで、『ありがとう！　東野戸小学校』という文字が派手に装飾されて書いてある。かつての担任の似顔絵も描かれており、同窓会気分を盛りあげていた。

教室の中央には机が寄せられて、お菓子や料理が準備されている。缶ビールや缶チューハイ、ウーロン茶などの飲み物も並んでいた。

「あ……」

周囲を見まわして、思わず息を呑んだ。

胸が早鐘を打ちはじめている。女性が三人ほど集まって談笑しているなかに、彼女の姿があった。

爽やかなレモンイエローのフレアスカートに、純白のブラウスを纏っていた。肩にかかるストレートロングの黒髪が、眩いほどの光沢を放っている。なにより、笑顔が輝いて見えた。

彼女は高校生のときに交際していた元カノの優里だ。苗字が江澤から徳岡に変わってしまったが、大貴の気持ちはいまだに変わっていなかった。

家が近所ということもあり、物心ついたときにはいっしょに遊んでいた。幼い頃からずっと好きだったが言いだせず、告白したのは高校生になってからだった。

――わたしも大ちゃんのことが好き。

優里の声は今でも耳の奥に残っている。あのときは、天にも舞いあがる気持ちになった。ところが、互いに経験がなかったため、深い関係に発展することもなく、やがて大学進学で離ればなれになって破局した。

以来、一度も会っていなかった。その後、何人かの女性と交際したが、本音を言えば、ずっと優里のことを忘れられずにいる。いまだに独身なのも、心のなかに彼女がいるためだった。

優里が人妻になったのは、もちろん知っている。結婚相手がよりにもよって、大貴とは水と油と言ってもいいクラスメイト、徳岡章吾(しょうご)だということも……。

「それでは、再会を祝って乾杯しましょう！」

かつての学級委員の進行で同窓会がはじまった。大貴も缶ビールを手にして、近くにいた級友たちと乾杯した。

参加者はクラスの半分ほどだ。顔を見てすぐにわかるやつ、言葉を交わして思いだすやつ、名前を聞いてもピンとこないやつなど様々だった。

「大貴はいいよな、でっかい会社だから将来安泰だ」

地元の商社に勤務する友人が、缶ビール片手に話しかけてきた。じつは系列の販売店に出向になったことは、親にも話していない。ここにいるかつての級友たちが知るはずもなかった。

「たいしたことないって……」

「おいおい、そりゃないよ。大貴は一番の出世頭なんだからさ」

みんなが楽しそうに笑う。だが、事実上左遷になった大貴にはつらい言葉だった。

「久しぶりだね」

そのとき、優里がすっと歩み寄ってきた。耳に心地いい柔らかい声で話しかけてくる。十八年の歳月が、まだあどけなかった少女を、大人の女性に変えていた。

「お、おう」

緊張のあまり、ついぶっきらぼうな返事になってしまう。それでも、優里は「ふふっ」と微笑んでくれた。

「やっと会えたね」

彼女は手にしていた缶チューハイを、大貴が持っている缶ビールに軽くぶつけてきた。

「カンパイしよ」

普通に接してくれるのが嬉しかった。大貴も無理をして笑おうとするが、頬の筋肉がこわばってしまう。

「あんまり、帰ってくる機会がなくて」

「お仕事、忙しいんだね」

「う、うん……」

本当のことなど言えるはずがない。曖昧に誤魔化すが、胸の奥がチクリと痛んだ。

「徳岡は……旦那さんは来てないの？」

話題を変えようとして尋ねると、優里は大貴の背後を目で示した。

振り返ると徳岡の姿があった。

グレーのスーツを着ており、かつてクラスメイトだった女性たちと話している。

現在はカーディーラーに勤務しているらしいが、ずいぶん軽薄な感じだ。妻の優里には見向きもせず、冗談を飛ばして笑いを取っていた。

「いつものことだから……」

噂では聞いていたが、やはり夫婦間は冷めているのだろう。優里は諦めたようにつぶやいた。

大貴と別れた後、優里と同じ大学に通っていた徳岡が強引に口説いたと聞いている。そして、大学を卒業すると、二人はすぐに結婚した。

(きっと、あいつが……)

彼女の初めてを、あの男が奪ったに違いない。そう思うと、未練も相まってさらに苛立ちを覚えた。

これまで大貴が故郷を避けていたのは、結局のところ高校生の頃の不甲斐ない自分を許せないからだ。優里と最後までいけなかったことを、いまだに悔やんでいた。それに帰郷すれば、優里が徳岡の妻になったことを嫌でも思いだしてしまう。

それをわかっていながら帰ってきた。人生に落胆して弱気になり、ひと目でいいから彼女に会いたくなった。

「大ちゃんは変わってないね」

優里が懐かしそうに目を細める。近くで見つめられると、それだけで気持ちが揺れた。

「そうかな……優里ちゃんも……」

「わたし、変わってない？」

「う、うん……いや……」

喉もとまで出かかった「綺麗になったよ」という言葉を呑みこんだ。本心だからこそ口にできない。声に出してしまうと、自分の気持ちにブレーキをかけられなくなる気がした。

それでも、優里と過ごす時間は楽しかった。大貴は少しでも長く会話をつづけたくて、昔のことを必死に思いだした。早弁がばれて先生に叱られたことや、鉄棒から落ちたことなど、自分の失敗談ばかりを面白おかしく語った。

「ふふっ、楽しい」

「あ、チューハイなくなった？」

机に置いてある新しい缶に手を伸ばす。そのとき、優里も取ろうとして、指先が触れ合った。

「あ……」

一瞬、時間がとまった気がした。じっと見つめられて胸がきゅんとなる。なにか言わなければと思うが、頭のなかが真っ白になっていた。

「なんだか、ほっとする」

先に口を開いたのは優里だった。

「……大ちゃんと話してると」

彼女の頬がほんのり染まっているのは、きっとお酒のせいだけではない。大貴の頬も熱くなっている。こうして面と向かっているだけで、体温が上昇していた。ほどよく酔いがまわり、周囲では笑い声が絶えない。徳岡は相変わらず女性たちと話していた。

「音楽室、覚えてる？」

どういうつもりで、優里はそんなことを言いだしたのだろう。もちろん、二人の思い出の場所を忘れるはずがなかった。

「うん……覚えてる」

鼻の頭を掻きながらつぶやくと、優里もうつむき加減に切り出した。

「ちょっと、行ってみない？」

彼女の真意はわからないが、大貴に断る理由はなかった。

2

六年二組の教室を後にすると、廊下の一番奥にある音楽室に向かった。

申し合わせたわけではないが、二人とも足音を立てないように注意している。まるで授業中に教室を抜けだしたように、胸がドキドキしていた。

音楽室の扉を開けて入ってみる。

教室の前方にあったピアノはなく、壁にかけられていた音楽家たちの肖像画もない。こうなると普通の教室とさほど変わらないが、二人にとっては特別な場所だった。

後ろ手に扉を閉めると、同窓会の喧騒が少しだけ遠くなる。誰もいない音楽室で二人きりになった。

「懐かしい」

優里が窓際に歩いていく。昼の陽光が差しこんでおり、ぽかぽかと暖かかった。

「この辺だったよね」

「うん……この辺だった」

大貴もゆっくり歩み寄り、窓から校庭を見おろした。あの日と同じように、校庭の隅にある桜の木が満開になっていた。

忘れるはずがない。あれは小学校一年生、入学して間もなくのことだった。

この音楽室で、優里と徳岡が仲よさそうに話しているのを見て、胸がもやもやした。当時はわからなかったが、やきもちを焼いたのだ。大貴は二人の間に割りこむと、勢いのまま優里のほっぺにキスをした。

可愛らしい初キスの思い出だ。

今にして思えば、あのときから優里のことを強く意識しはじめた。恋心を自覚した瞬間だった。

「びっくりしたけど、嬉しかった」

優里は校庭を見おろしていた。

遠い瞳で桜を眺めている。憂いを帯びた横顔に、どうしようもなく惹きつけられた。

白い頬から目を逸らすことができない。あのときの感触は、唇にしっかり刻みこまれている。無意識のうちに吸い寄せられて、顔を近づけてしまう。

「あ……ご、ごめん」

柔らかい頬の感触ではっとする。気づいたときには、彼女の頬に口づけていた。思い出に取りこまれて、つい衝動的にキスをしてしまった。

「やっぱり、いきなりなんだね」

優里はさほど驚いた様子もなく、むしろどこか嬉しそうに肩をすくめた。

「お、俺……」

熱い気持ちが膨れあがり、今にも溢れだしそうだ。彼女への想いは、決して色褪せることはない。それどころか、ここに来てますます大きくなっていた。

そのとき、優里がすっと胸にもたれかかってきた。シャツの胸板に頬をそっと押し当てて、柔らかな女体を預けてくる。艶やかな黒髪から、シャンプーの甘い匂いがふわりと香った。

「多分、あのときからだと思う」

優里がゆっくり顔をあげる。

「大ちゃんのことを好きになったの」

幼少期、二人は同時に恋をした。懐かしさがこみあげて、大貴と優里の気持ちを結びつける。視線が重なり、心がひとつに溶け合っていく。

「優里ちゃん……」

彼女の腰に手をまわす。ほっそりした女体の感触に陶然としながら、吸い寄せられるように顔を近づけた。

「ん……」

口づけすると、優里が微かに鼻を鳴らす。瞳をうっとり閉じて、陶酔の表情を浮かべていた。

ふと高校時代を思いだす。最後まで身体の関係には発展しなかったが、唇を重ねてはいた。放課後の夕日が差しこむ教室で、表面が軽く触れ合うだけのキスをした。緊張で唇が震えているのが恥ずかしくて、ほんの一瞬触れただけだった。

その後も何度かキスしたが、舌を絡めたことはない。当時は高校生で童貞だった大貴に、それ以上、踏みこむ勇気はなかった。

思いきって舌先で唇をなぞってみる。優里は抗うことなく、そっと唇を半開きにしてくれた。

「ンふっ……はンンっ」

恐るおそる舌を差し入れると、彼女は静かに吐息を漏らしながら舌を伸ばしてきた。粘膜同士がヌルリ、ヌルリと擦れ合う。瞬く間に気分が高揚して、ますます舌を深く絡ませた。

（ああ、優里ちゃんとキスしてるんだ）

高校生の頃にはできなかったディープキスを、かつての恋人と交わしている。甘ったるい唾液を啜り飲むと、青春時代にタイムスリップした錯覚に陥り、甘酸っぱい気持ちが胸の奥にひろがった。

「あふンっ……むふンっ」

遠くで同窓会の盛りあがる声が聞こえるなか、二人はキスに没頭していた。

上京する前に、こんなキスを交わすことができたら、その後の人生は違うものになっていたかもしれない。あの頃の自分には積極性が足りなかった。

舌を吸っているうちに、腕のなかの女体から力が抜けていく。片手を彼女の腰にまわしたまま、もう片方の手を背中にあてがった。ブラウス越しにブラジャーのベルトを感じて、ますます胸の鼓動が速くなった。

「はぁっ……大ちゃん」

ようやく唇が離れると、優里がしっとり濡れた瞳で見あげてくる。昔は見せたことのない物欲しげな表情になっていた。

(優里ちゃんは、もう……)

あの頃の彼女ではない。優里は人妻だ。徳岡のものになってしまったのだ。

今さらながら、失ったものの大きさを実感する。無邪気で無垢だった彼女は、徳岡の手によって大人の女に変えられてしまった。少なくとも新婚当初は、毎晩のように抱かれていたに違いない。そして、彼女も夫の求めに応じて、身体を開いたのだろう。

「くっ……」

奪い返したい。できることなら、このまま彼女を連れ去りたかった。

「優里ちゃんっ」

どうしようもない想いがこみあげる。もう一度しっかり抱き締めると、再び唇を奪っていった。

口内をたっぷり舐めまわし、舌を吸いあげては唾液を啜る。そうしながら、ブラウスの上から乳房の膨らみに手のひらを重ねた。

「はンンっ」

カップごと柔肉を揉みしだくと、優里の唇から溜め息にも似た声が溢れだす。

だが、すぐにもどかしくなり、ブラウスのボタンに指を伸ばした。

「男らしくなったね……」

彼女もその気になっているのか、上から順にボタンを外しても、まったく抵抗する素振りを見せなかった。

ブラウスの前を開いていくと、ほっそりした鎖骨と人妻らしいベージュのブラジャーが露わになる。双つの乳房が中央に寄せられて、見るからに柔らかそうな谷間が作られていた。

「おおっ！」

思わず唸りながらブラジャーを押しあげる。途端に大きな乳房がプルルンッとまろび出た。

下膨れして重たそうな乳房だ。染みひとつない白い肌が、見事な柔肉の房を形作っている。たっぷりした膨らみの頂点には、薄桃色の乳首が鎮座していた。

「こ、これが……」

夢にまで見た優里の乳房が目の前にある。これほどの興奮はかつて味わったことがなかった。

「そんなに見られたら……」

優里が恥ずかしそうに身をよじり、さりげなく窓に背を向ける。窓際に立っているというのも、彼女の羞恥を煽りたてている要因だった。

「あンっ」

欲望にまかせて、すぐさま両手で揉みあげる。蕩けてしまいそうなほど柔らかい乳肉に、指先がいとも簡単に沈みこんでいく。

「や、柔らかい」

「待って、窓が……ああンっ」

優里はうわごとのようにつぶやき、濡れた瞳で見つめてくる。もっとしてと言っているようで、大貴は乳首を指の股に挟みこみ、ゆったり揉みしだいた。

「あっ……あっ……」

人妻となったかつての恋人が、敏感そうに身をくねらせる。乳首が膨らみ、あっという間に尖り勃っていた。指の間で刺激しながら乳房を捏ねまわすと、音楽室に遠慮がちな喘ぎ声が響き渡った。

「まさか、大ちゃんとこんなこと……はあンっ」

「ずっと……ずっとこうしたかったんだ」

同じ校舎内で、同窓会が行われていることを忘れたわけではない。それでも情熱的に囁き、胸もとに口を寄せていく。さくらんぼのように膨らんだ乳首を口に含み、そっと舌を這わせて舐め転がした。

「あンっ、ダメっ、ああっ」

「こんなに硬くして……うむううっ」

中腰の姿勢で、双つの乳首を交互にしゃぶる。唾液を塗りこんでは、チュウチュウと音を立てて吸いあげた。

「はあンっ、外から見えちゃう」

優里が掠れた声で訴えて、大貴の肩を軽く押し返してくる。仕方なく乳房から顔を離すと、今度は彼女が目の前にしゃがみこんだ。

「これなら、外から見えないから……」

窓枠より低い位置まで身を沈めて、大貴のチノパンに手を伸ばしてくる。ベルトとボタンを外し、ファスナーをじりじりとさげていった。

「ちょ、ちょっと……」

「迷惑かけないから……お願い」

哀願するような瞳を向けられると、なにも言葉を返せない。夫が近くにいる場所であまりにも危険すぎる。それでも、今さらとめることはできなかった。

チノパンが膝までずりおろされて、グレーのボクサーブリーフが露わになる。布地が突っ張っており、膨らみの頂点には黒っぽい染みがひろがっていた。

(も、もしかして……)

彼女の熱い眼差しを股間に感じて、どうしても期待してしまう。ついにボクサーブリーフがめくりおろされる。反り返ったペニスがブルンッと鎌首を振って飛び出し、我慢汁の生臭さがひろがった。

「はあンっ、この匂い……」

優里がすうっと息を吸いこみ、呆けたような表情を見せる。この様子から察するに、やはり夫との夜の生活から遠ざかっているのだろう。

「すごく、大きいのね」

目の前にひざまずいた優里が、溜め息混じりに見あげてくる。濡れた亀頭の向こうで、潤んだ瞳が揺れていた。

「わたしも、したかった……大ちゃんとこういうこと」

肉柱の根もとに両手を添えて陰毛を押さえると、唇をゆっくり近づけてくる。息が亀頭にかかるだけで、ゾクゾクするような感覚がひろがった。

「ううっ……」

さらに彼女の伸ばした舌が、裏筋に触れてくる。陰嚢の近くから亀頭に向かって、じっくり舐めあげてきた。

「おっ……おっ……」

「ンンっ……これがいいの？」

まるで焦らすように、裏筋ばかりをくすぐられる。先端から透明な我慢汁が溢れて、亀頭が陽光を反射するほど濡れていった。

「わたしの口で、気持ちよくなって」

優里はそうつぶやくなり、ペニスの先端に唇を被せてきた。ぱっくり咥えこみ、カリ首を柔らかく締めつける。途端に腰が震えるほどの快感が走り抜けた。

「くううっ！」

陰嚢のなかの睾丸がキュッとあがり、慌てて尻の筋肉に力をこめる。気を抜くと暴発してしまう。奥歯を強く食い縛り、ペニスを頬張った優里の顔を見おろした。

「ンっ……ンふっ」

視線を重ねたまま、首を振りはじめる。我慢汁にまみれた男根を、優里は躊躇することなく呑みこんでいった。

「おおっ、き、気持ちいい」

まさか元カノにフェラチオしてもらえる日が来るとは思いもしない。柔らかい唇で、鉄のように硬くなった竿をしごかれる。唾液とカウパー汁が混ざって、ヌルヌル滑る感触がたまらなかった。

「あふっ……はむンっ」

優里はペニスをゆったりしゃぶり、先走り液を嚥下していく。快感は大きくなる一方だが、口唇ピストンのスピードが遅いので射精できない。絶頂寸前で焦らされている状態だった。

「ゆ、優里ちゃん、俺、もう……」

「わたしも……欲しい」

ペニスをそっと吐き出した優里が、上目遣いに見つめてくる。大貴は彼女の手を取って立ちあがらせると、机を四つ引き寄せて即席のベッドを作った。

微かに同窓会の喧騒が聞こえてくる。こんな状況で最後までするなどあり得ない。それでも、この燃えあがる想いをとめることはできなかった。

優里を机の端に座らせて、そのまま仰向けに横たわらせる。下肢はだらりとさげており、スリッパのつま先がかろうじて床に届いていた。

ブラジャーは押しあげてあるので、乳房が剝きだしになっている。それでも、優里は両手を腹のあたりに置き、双乳を隠そうとはしなかった。

大貴は鼻息を荒らげながら、スカートをたくしあげていく。ナチュラルカラーのストッキングに包まれた太腿が露わになる。むっちりした肉づきに目を見張り、思わず両手で撫でまわした。

「この手触り、おおおっ」

化学繊維の滑らかな感触が心地いい。軽く揉んでみると、太腿の弾力に惹きこまれた。

さらにスカートをまくれば、ストッキング越しにパンティが見えてくる。股間にぴったり張りつき、恥丘が盛りあがっているのが生々しかった。

「誰か来る前に……」

優里が濡れた瞳で急かしてきた。

どうしようもなく欲情しているのだろう。誰かに見つかることよりも、誰かが来て行為を中断することを恐れている。大貴も同じ気持ちなので、彼女の焦りが手に取るようにわかった。

ストッキングのウエストに指をかけ、パンティといっしょに剝きおろす。途端に恥丘を覆っている秘毛が露わになり、蒸れたチーズのような匂いも溢れだした。

「なんて、いやらしい匂いなんだ」

ストッキングとパンティを片足から抜き取り、反対の足首にぶらさがっている格好になる。すでにスリッパは脱げていた。ブラウスもブラジャーも女体に絡みついているのが、全裸よりもかえって淫らだった。

「お願い……早く」

仰向けになった優里が、机の端からだらりと垂らした下肢を自ら開いていく。さらに両手を大きく広げて、全身で大貴を求めてきた。

アーモンドピンクの恥裂がチラリと覗き、頭にカッと血が昇る。しとどの蜜で濡れた女陰が、男を求めてヒクついていた。

「大ちゃん、来て」

彼女の声が引き金となり、大貴は勃起を揺らしながら女体に覆い被さった。膝の間に腰を割りこませて、ペニスの先端を淫裂に押し当てる。途端にヌチャッと湿った音が響き、彼女の全身に震えが走り抜けた。

「あンンッ、は、入ってくる、はあぁッ」

「ぬうッ、俺のが、ゆ、優里ちゃんのなかに……」

亀頭が二枚の陰唇を巻きこみながら、女壺に沈みこんでいく。瞬く間に熱い媚肉が密着して、膣襞がザワザワと締めあげてきた。

「くううッ、や、やった……やったぞ！」

ついに愛しい人とひとつになった。

「ああっ、みんながいるのに……」

「ゆ、優里ちゃん、俺たち、やっと」

「うん、もっと……もっと奥まで……」

優里が両手を首に巻きつけてくる。自然と上半身を伏せる格好になり、息がかかるほど顔が急接近した。

「よ、ようし……ふんっ！」

さらに腰を押しつけて、ペニスを奥まで挿入する。濡れそぼった媚肉を切り拓き、かつての恋人と根もとまでずっぷり繋がった。

「あううッ、ふ、深い……こんなに奥まで……」

上擦った声でつぶやき、優里が腰をうねらせる。早くもピストンを求めて、ペニスを咀嚼するように膣襞を蠕動させていた。

「ううッ、き、きつい」

快感の波が次々と押し寄せてくる。身体だけではなく、心までつながった気がする。なにより、ずっと忘れられなかった優里とひとつになり、かつてないほどの興奮が湧きあがっていた。

「ねえ、動いて……ああンっ、お願い」

優里がおねだりしてくる。相変わらず同窓会のざわめきも聞こえていた。危険なことをしていると思うと、なおのこと興奮が膨れあがった。

「おおッ……おおおッ」

唸りながら腰を振る。すぐさま射精感が膨張をはじめるが、もう力の加減をする余裕などない。構うことなく勃起を勢いよく抜き差しした。

「ああッ、い、いいっ、あううッ」

唇を噛んで声を抑えようとする。そんな優里の仕草が健気で、余計に責めたくなってしまう。亀頭を奥まで叩きこみ、力強く腰を振りたてた。

「ああッ、ああッ、ダ、ダメっ、もうダメぇっ」

「おおおッ、お、俺も、ぬおおおおッ」

大貴も低い呻き声を漏らして腰を振る。夢の時間を少しでも長引かせようとするが、決壊のときは刻一刻と迫っていた。

「ううう ッ、も、もう出るっ、おおおおッ！」

ついにペニスが脈動して、白いマグマが噴きあがる。大量の精液を放出する鮮烈な快感が、股間から脳天に突き抜けた。

「はあああッ、い、いいいっ、ああああああッ！」

音楽室の机の上で、半裸の女体が反り返る。膣の奥を灼きつくされて、優里が絶頂へと昇り詰めていった。

かつての恋人同士は、執拗に腰を振りながら唇を重ねていた。遠くからクラスメイトたちの笑い声が聞こえてくる。それでも、貪るように口を吸い合い、互いの味を何度も何度も堪能する。この夢のようなひとときを、心に深く刻みこもうとするように……。

3

翌日の日曜日、大貴は思いきって、優里の携帯電話に連絡を入れた。

優里の声は抑え気味だったが、嬉しさを隠しきれない様子だった。小学校の桜を見に行こうと誘ってみると、あっさり了承してくれた。しかも、今夜は満月だというので、夜桜見物することになった。

午後の新幹線で帰京する予定だったが、明日の朝一で戻ることにした。もう一度、優里に会いたかった。

夜七時、小学校に向かう坂の麓で待ち合わせした。

日曜日だというのに、徳岡はひとりで出かけているらしい。女がいることをうすうす知っていながら、優里は気づかない振りをしているという。

「冷めてるでしょ……」

彼女は淋しそうにつぶやいた。今後も徳岡と結婚生活をつづけるかは、まだ決めかねているようだった。

並んで坂をのぼりはじめる。自然と距離が近くなり、ときおり肩が触れ合った。

「なんだか、デートみたいだね」

優里は気を取り直したように言うと、さりげなく手を握ってきた。

「お、おう」

大貴は緊張を誤魔化して答えながら、彼女の横顔をチラリと見やった。

月明かりを受けて、整った顔がぼんやり光っていた。紺色のスカートとカットソーの上に、淡いピンクのコートを羽織り、弾むような足取りで歩いていた。

「暗いから気をつけろよ」

声をかけるが会話がつづかない。この坂を二人きりでのぼるのは、子供のとき以来だ。過ぎ去りし日々を思い、つい無言になってしまう。

毎朝、いっしょに登校した。こうして手を繋ぎ、おしゃべりしながら坂をのぼった。あの頃は、離ればなれになるなど、考えもしなかった。ずっといっしょにいられると思っていた。

繋いだ手がじんわり汗ばむが、二人とも決して離そうとしなかった。

ふと坂を見あげると、正面に満月が浮かんでいた。まるで、この坂道が月までつづいているようだった。

優里も月を見つめていた。彼女の胸に去来しているものは、いったいなんだろう。

二人とも、ただ黙々と歩いていく。

わかっている。もう、あの日々には戻れない。子供の頃は楽しければ笑い、悲しければ泣き、腹が立てば怒り、疲れたら眠ればよかった。

すべてが輝いて、ずっとこんな毎日がつづくと疑いもしなかった。それこそ望めば月まで歩いていけると信じていた。

だが、日々が過ぎ、年を重ねるごとに自信は揺らぐ。夢を語る口は重くなり、情熱は薄れていく。

つらくても笑い、悔しさに泣きたくても呑みこみ、憤りに気づかぬ振りをしているうちに、不安に苛まれて眠れない夜がやってくる。

そんな孤独な毎日に慣れるしかない。

それでも耐えきれなくなったとき、つき合っていた頃の優里の笑顔を思いだす。

未練でしかないが、別れても心の底にいつもいるのは優里だった。

「あのまま大ちゃんとつづいてたら、なにか変わったのかな……」

小学校が見えてきたとき、優里がぽつりとつぶやいた。

4

桜の木は校庭の隅にあった。

天には丸い月がぽっかり浮かんでいる。降り注ぐ月光が、満開の桜をぼんやり照らしていた。

二人が小学生のときから、ずっとここにある。注目されるのは桜を咲かせるこの時期だけだが、毎年、目を見張るほどの輝きを放っていた。

大貴と優里は、手を取り合ったまま桜の下まで歩いていった。

頭上に伸びた枝から、花びらが舞い落ちる。

しばし二人は、桜の花を見あげていた。春になると、よくこうやって舞い散る花びらを眺めたものだ。優里といっしょなら、いつまでも飽きることはなかった。

心があの頃に戻っていくようだ。しがらみから解き放たれて、本当の自分に戻れる気がした。繋いだままの手に力が入る。彼女もそっと握り返してくれた。

花びらが舞うなか、二人の視線が絡み合う。どちらからともなく顔を寄せて、ごく自然に唇を重ねていった。

「ン……」

優里が両手を背中にまわしてくる。大貴も彼女の背中を力強く抱き締めた。舌を差し入れると、すぐに彼女も舌を絡めてくる。ヌルヌルとしゃぶり合い、互いの身体を撫でまわす。唾液を交換することで、瞬く間に気分が高まっていく。彼女の舌が入ってくると、早くも股間が熱くなった。

ディープキスをしたまま、優里の背中を桜の幹に押しつける。ますます舌を深く絡ませて、甘露のような唾液を思いきり吸いあげた。

「ううんっ」

「はンっ、大ちゃん、あふンっ」

優里の呻く声が艶を帯びていく。大貴の腰に両手を添えて、スリスリと愛おしげに擦ってきた。

彼女も求めている。コートのなかに手を差し入れて、カットソーの上から乳房を揉みあげた。途端に優里は身をくねらせて、息遣いを荒らげていく。

「あふっ、はンンっ」

昂っているのは明らかだ。彼女も大貴の股間に手を伸ばして、チノパンの膨らみを撫でてきた。

「うっ……」

軽く触れられただけで快感が走り抜ける。腰が震えだして、腹の底から欲望がこみあげた。

大貴がブルゾンを脱いで地面に置くと、彼女も自らコートを脱いでいく。一本道なので、この山をあがってくる者はまずいない。しかも、太い幹の陰になっているので、誰にも見られることはないだろう。二人の気持ちはすでに同じ方向に向いていた。

カットソーをまくりあげると、白いレースのブラジャーが露わになる。昨日とは異なり、男に見られることを意識した総レースの下着だ。最初からこうなることを望んで、夜桜見物に誘ったのだろう。

(俺も、優里ちゃんと……)

もう一度、ひとつになりたい。あの一体感を、あの高揚を、どうしても味わいたかった。

背中に手をまわしてホックを外す。乳房の弾力でカップが上に跳ねあがり、双つの柔肉がまろび出た。舞い散る桜の花びらと、乳首の薄桃色が重なった。

「なんて綺麗なんだ……」

熱い気持ちをとめられない。唸るようにつぶやき、愛らしい乳首にむしゃぶりつく。舌を這いまわらせては吸いあげて、ぷっくり膨らんだところを甘噛みした。

「ああンっ、大ちゃんっ」

優里は甘い声を漏らすと、やさしく大貴の頭を抱いてくれる。髪のなかに両手の指を差し入れて、たまらなそうに掻きまわした。

たわわに実った双乳を揉みしだき、左右の乳首を交互に舐めしゃぶる。唾液で濡れた乳頭が、月明かりを受けてヌラリと光っていた。

「はああっ、も、もう……」

もう立っていられないとばかりに、優里が背後の幹に寄りかかる。見つめてくる瞳は虚ろでありながら、情念の炎を揺らめかせていた。

すっと屈みこんでスカートをまくりあげる。さらにストッキングをおろすと、ブラジャーとお揃いの白いレースのパンティが見えてきた。股上が浅く、股間にぴっちり食いこんでいる。恥丘を覆った部分が、こんもりしているのが卑猥だった。

「外なのに……」

口ではそう言いながらも、拒絶する素振りはない。大貴の視線に恥じらいつつ、誘うように腰をゆらしていた。

「ね、ねえ……は、早く……」

ついに待ちきれなくなったらしい。優里が掠れた声でつぶやいた。

それならばとパンティをめくりおろすと、黒々と茂った陰毛が露わになる。さらにさげれば、股布と股間の間に透明な粘液がツーッと糸を引いた。

「濡れてる」

発情した女の匂いもふわっと香ってくる。大貴と繋がることを期待して、こんなにも濡らしていたのだろう。

「やだ……大ちゃんのせいだからね」

幼い頃を思いださせる拗ねた瞳で見つめてくるが、股間を隠そうとはしない。それどころか期待を大きくして、くびれた腰を揺らしていた。

「お、俺が……俺が責任をとるよ」

いったん彼女のパンプスを脱がすと、ストッキングとパンティをつま先から抜き取った。再びパンプスを履かせて、足を肩幅に開かせる。よほど待ちきれないのか、いっさい抵抗しようとしなかった。

顔を股間に近づける。荒くなった息で、人妻となった元カノの秘毛が大きく揺れた。

「お、お願い……」

優里は桜の木に寄りかかり、股間だけをはしたなく前方に迫りだしている。口で愛撫されることを求めて、身体が勝手に反応しているのだろう。

大貴は生唾を飲みこむと、太腿の付け根に両手をあてがった。股間に潜りこむようにして、蜜を湛えた恥裂に口を近づける。噎せ返るような淫臭で肺を満たしながら、割れ目に唇を押し当てた。

「はあぁっ！」

女体が硬直して、喘ぎ声が桜の枝を震わせる。淫裂から愛蜜が溢れだし、大貴の唇を濡らしていった。

（これが、優里ちゃんの……）

思わず唸りながら舌を伸ばす。柔らかい陰唇を舐めまわし、口のなかに含んで吸いあげる。華蜜が口内に流れこむと、躊躇することなく嚥下した。

「あぁっ、そんなに吸ったら……あぁンっ」

優里は桜の幹を後ろ手に抱いて、突きだした股間をクイクイしゃくりあげている。よほど高まっているのか、愛蜜の量がどんどん増えていた。

「うむっ、うんんっ」

愛する人の果汁で喉を潤すことで、大貴の欲望も膨れあがる。ペニスは完全に勃起して、ボクサーブリーフのなかに先走り液を振りまいていた。

「も、もう……」

股間から口を離して立ちあがる。チノパンとボクサーブリーフをまとめておろすと、屹立した男根が勢いよく飛び出した。

「はぁ……すごい」

優里が目を細めて溜め息を漏らす。逞しい肉棒を目の当たりにしたことで、女体の芯が疼きはじめたのか、迫りだしたままの股間をくねらせた。

大貴は彼女を後ろ向きにすると、両手を桜の木につくように誘導する。腰を九十度に折り、尻を後方に突きだす格好だ。スカートをまくっているので、剝きだしの双臀が月明かりに照らされて白く浮かびあがって見えた。

「こんなのって……」

優里が背後にチラリと視線を向ける。口では嫌そうなことを言っているが、腰は物欲しげに揺れていた。

そのとき、ひらりと舞い落ちた一枚の花びらが、尻たぶに張りついた。まるで笑窪のようで愛らしい。大貴は桜の花びらごと双臀を摑むと、ペニスを臀裂に近づけた。

「あっ……き、来て」

先端が軽く触れただけで、尻たぶが小刻みに震えはじめる。そのまま腰をゆっくり押しつけて、亀頭をヌプリと埋めこんだ。

「あああっ！」

甘ったるい声をあげると、優里は背中を大きく反らしていった。さらに男根を挿入すれば、たまらなそうに桜の幹に爪を立てた。

「ああっ、また、大ちゃんと……」

「入ったよ、奥まで」

根もとまで埋まり、たっぷりした尻たぶを圧迫する。得も言われぬ一体感が押し寄せて、股間だけではなく胸の奥まで熱くなった。

「はううっ、そ、外なのに……」

優里の視線は、宙を舞う桜の花びらを追っていた。

子供の頃、いっしょに眺めていた桜の木の下で、深く繫がっている。あの頃はセックスなど知らなかった。二人で手を繫いでいるだけで楽しかった。

「う、動いていい？」

　尋ねておきながら、答えを待たずに動きだす。もっと深い一体感が欲しい。快楽を共有することで、ひとつになった実感を得たかった。

「おおっ……おおっ」

「あっ……あっ……」

　ゆったり腰を振り、硬直したペニスを抜き差しする。すると、女壺が敏感に反応して、ぐねぐねと波打つように収縮した。

「ぬううッ！」

　襞という襞が、男根に密着している。思いきり締めあげられて、全身の毛穴から汗が噴きだすほどの快感がひろがった。

「き、気持ち……おおおっ」

　射精感に耐えながら、ピストンの速度をあげていく。カリで濡れ襞を抉るようにして、力強く腰を打ちつける。尻肉がパンッ、パンッと乾いた音を鳴らし、彼女の喘ぎ声が大きくなった。

「ああッ、ああッ、い、いいっ」

「くッ、くううッ」

大貴も快楽の呻き声を漏らして、腰を振りたくる。リズミカルに突くと蜜壺の締まりが強くなり、次から次へと愉悦の波が押し寄せた。

「ううッ、あったかくて、くううッ」

「ああンっ、大ちゃんのがズンズン来てる」

優里の甘ったるい嬌声が響き渡る。月光に照らされた桜の下、人妻となったかつての恋人が、嬉しそうに尻を振っていた。

「ゆ、優里ちゃん、おおおッ」

背中に覆い被さり、両手を前にまわしていく。たっぷりした乳房を揉みしだきながら男根を打ちこむと、彼女の身悶えが大きくなった。

「ああンッ、届いてる、はああッ、届いてるぅっ」

亀頭の先端が、膣の最深部に到達していた。そこが感じるらしく、重点的にコツコツとノックしつづける。ぶつかるたびに膣道の締まりが強くなり、二人同時に絶頂への階段を昇りはじめた。

「あッ……あッ……そ、そこばっかり」

「おおッ……おおおッ」

柔らかな乳房を執拗に揉みしだき、欲望にまかせて腰を振る。ときおり、尖り勃った乳首を摘んでは、ペニスを最深部まで叩きこんだ。

「ああッ、はああッ、いいっ、いいっ」

「俺の……俺だけの優里ちゃんっ」

絶頂が近づくにつれて、熱い想いがこみあげる。懐かしい校庭で繋がっていると思うと、なおのこと快感が味わい深いものになった。

「あああッ、大ちゃんっ」

「ゆ、優里ちゃんっ」

二人の気持ちがひとつになり、いよいよラストスパートの抽送に突入する。男根を穿ちこむたび、女体が大きく揺れて、結合部から華蜜が弾け飛ぶ。頭のなかが真っ赤に染まり、獣のように唸りながら突きまくった。

「おおおッ、だ、出すよっ」

「ああッ、出して、なかにいっぱい」

優里が尻を振って懇願する。そのとき、風が吹き抜けて、地面に散っていた桜の花びらが、いっせいに舞いあがった。うねるような桜吹雪のなか、大貴はくびれた腰を摑んで、ペニスを根もとまで叩きこんだ。

「ぬううウッ、ぬおおおおおッ！」

雄叫びとともに想いのたけを放出する。熱い粘液をドクドクと注ぎこみ、射精の快楽に酔いしれた。

「あああッ、いいっ、イクッ、イッちゃううぅッ！」

膣奥に沸騰した精液を注ぎこまれて、優里も一気に昇り詰める。桜の幹に爪を立てると、むっちりした双臀をぶるるっと震わせてよがり泣いた。

二人はほぼ同時にオルガスムスを貪った。快楽の頂点から降りてくると、すでに桜吹雪は収まっていた。

まるで二人を包むように、花びらがゆっくりと、ひらひら、ひらひら舞い落ちる。

欲望を吐き出した男根はすでに萎えているが、名残を惜しんで腰を振る。彼女も諦め悪く、小さくなった肉棒を締めつけていた。

いずれ校舎は取り壊されるが、この桜の木は残すことになっているらしい。

すべてが散ってしまっても、また来年、薄桃色の花を咲かせるだろう。

大貴と優里は着衣を直して、桜の絨毯の上に並んで腰をおろしていた。

年を取って失うものは確かに多い。でも、失うばかりではない。子供の頃にできなかったことが、大人になって叶うこともある。

諦めなければ、最後には欲しいものを手に入れられるだろうか。

たとえ、それが許されない関係だったとしても……。

「夏にまた帰ってくるよ」

静かな口調で切り出した。

優里は驚いたように瞬いたが、すぐに長い睫毛を伏せていく。そして、なにも言わず、大貴の胸にそっと顔を寄せてきた。

銀色の月の光を受けた桜の花弁が、ひるがえり、ひるがえり、まるでワルツを踊るように舞い落ちる。

「来年も、再来年も、二人でこの桜を見に来よう」

どちらともなく唇を寄せ合い、また深く深く絡ませていった。

未亡人だけ

1

梶尾純太(かじおじゅんた)は絶景を前に立ちつくしていた。

裏山の紅葉が日に日に鮮やかになっていく。赤や黄、それに橙が、今にも緑を覆いつくそうとしていた。そこに夕日が当たることで眩いばかりに輝きはじめる。とくに日が暮れる直前は息を呑むほどの美しさだった。

ここは山梨県のとある村だ。ほとんどの家が稲作を生業としており、コンビニもなければ信号もない長閑(のどか)な場所だった。

純太がこの村に来て一週間が経っていた。

最初は田舎に馴染めるか不安だった。純太は二十四歳の遊びたい盛りだ。しかし、都会暮らしに疲れていたせいか、なにもかもが新鮮に感じられた。

（よし、これくらいにしておくか）

今は冬に備えて薪割りをしていたところだ。

日が落ちるとまっ暗になるので、早めに片づけをしたほうがいいだろう。純太は斧を置くと、散らばっている薪を母屋の裏にある小屋に運びこんだ。

慣れない仕事ばかりで全身が筋肉痛になっている。それでも働く喜びを実感していた。

以前は東京にある健康食品会社で働いていた。

アポなしで一般家庭を片っ端から訪ねて商談する、いわゆる訪問営業だが、控えめな性格のためノルマを一度も達成できずにいた。それでも一年あまりがんばったが、結局、心身ともに疲弊して退職を余儀なくされた。

そんなとき、求人情報誌で「住みこみで三食つき。自然豊かな場所にあるシェアハウスの管理人。体力のある方希望」という募集を見つけた。給料は安くても三食つきで家賃がかからないのが魅力だった。

都会から離れたい一心で応募した。面接を受けると即採用が決まり、トントン拍子で管理人になっていた。

純太は唯一の男手で、掃除や薪割り、冬になったら雪かきなど主に力仕事が担当だ。食事の支度はオーナーと住民の女性たちがすることになっていた。

シェアハウスは山の麓に建っており、白い外壁と赤い三角屋根が特徴的だ。元は別荘だったものを改装して、今年の春にシェアハウスとしてオープンしたという。

純太は首にかけたタオルで汗を拭き、裏口から入ってリビングに向かった。

「すごく立派よ。ああっ、こんなに傘が張ってるわ」

「ふふっ、ヌラヌラ光って、おいしそう」

女性たちの声が聞こえてきた。

会話からつい卑猥なものを想像してしまう。いったいなにを見て盛りあがっているのだろうか。

リビングに足を踏み入れると、ふたりの女性がソファに並んで腰かけていた。

「あら、純太くん」

微笑を浮かべて声をかけてきたのは、このシェアハウスのオーナー、今清水(いましみず)涼子(りょうこ)だ。

白いワンピースに身を包み、ストレートロングの黒髪が肩にさらりとかかっている。少し目尻のさがったやさしげな瞳が印象的だった。

四年前、涼子は夫を病気で亡くし、三十一歳の若さで未亡人になっていた。悲しみに暮れたが、夫が莫大な資産を残してくれたことが救いとなった。

淋しさを癒すため、夫を亡くした者同士で寄り添って生きていけたらと考えた。そして別荘の空いている部屋を利用して、未亡人専用のシェアハウスを経営することを思いついたという。

「ま、薪割りが終わりました」

緊張ぎみに報告すると、涼子は目を細めてやさしくうなずいてくれた。

「お疲れさまです。暑かったでしょう」

どこかおっとりした感じで、彼女と話しているとこちらまで心が穏やかになる気がした。

「こっちに来てひと休みしてください」

「は、はい……でも、汗をかいてるんで……」

Tシャツが汗まみれなので遠慮すると、もうひとりの女性が口を開いた。

「そんなこと気にしなくていいのよ」

目鼻立ちのくっきりした彼女は吉倉梓、シェアハウスの住人だ。

水色のブラウスに丈の長い茶色のスカートを合わせている。髪はマロンブラウンでゆるくウエーブしていた。華やかで都会的な雰囲気の女性だ。しかし、梓は二年前、三十四歳のときに夫を不慮の事故で亡くしていた。

梓は涼子と同じ会社に勤務していた元同僚で、当時から仲がよかったという。そんな関係からシェアハウスの最初の入居者となった。

シェアハウスのゲストルームは三つある。ひとつを純太が、もうひとつを梓が使っている。残りのひと部屋もすでに入居者が決まっていた。

「純太、こっちに来て座りなさい」

おっとりした涼子とは対照的に、梓は言動がはきはきしている。彼女に言われると断りづらかった。

純太が歩み寄ると、梓と涼子が間を空ける。そこに座れというのだろう。

「で、では、失礼します」

恐縮しながらふたりの間に腰をおろした。

右側には涼子、左側には梓が座っている。汗がつかないように縮こまるが、彼女たちは気にする様子もなく身体を寄せてきた。ふたりの肩と太腿がぴったり密着して、一気に緊張感が高まった。

「ねえ、純太くん、立派でしょう」

涼子が耳もとで囁いてきた。そしてテーブルに置いてある竹製のザルから、茶色のキノコを手に取った。

（あ、これか……）

てっきり卑猥なものを想像したが、実際は新鮮な山の幸だった。多分なめこだろう。確かに東京のスーパーには並んでいない立派なものだった。

「こんなに太くて傘が張ってるのよ」

ほっそりした指でキノコをなぞる様子は、まるでペニスを愛撫しているようだった。

しかも涼子のワンピースの胸もとが魅惑的に盛りあがっている。ブラジャーのラインがうっすら透けており、気になって仕方がない。

「す、すごいですね……」

童貞の純太には刺激が強すぎる状況だ。そのとき視界の隅に梓の下半身が映った。

茶色のスカートにスリットが入っていて、むっちりした太腿がのぞいていた。

ストッキングを穿いていないので白い肌が艶めかしかった。

「この時期になると、近所に住んでいる人たちがお裾分けしてくれるらしいのよね」

梓はそう言いながら脚を組み替えた。その結果、スリットから大胆に太腿が露出する。付け根近くまで露わになり、たまらず股間がズクリと疼いた。

「ほ、本当に立派ですね」

純太は太腿をチラチラ見ながらつぶやいた。

裏山は涼子が所有しているもので、秋になると村人たちに開放しているという。自生しているキノコを自由に採る代わりに、こうして届けてくれるらしい。

「おーい、誰かいるかぁ？」

そのとき玄関から呼ぶ声が聞こえた。

「あ、俺が行ってきます」

未亡人に挟まれているのは落ち着かない。急いで玄関に向かうと、隣家の老人、源吉(げんきち)が段ボール箱を抱えて立っていた。

「源さん、こんばんは」

「おう、兄ちゃんか。これを涼子ちゃんにやってくれ」

源吉は皺だらけの顔をくしゃっと歪めて笑った。

お隣さんなので、すぐに純太の顔を覚えてくれた。差し出してきた段ボール箱には、先ほどと同じキノコがたっぷり入っていた。

「わあ、こんなにいいんですか？」

「俺はひとり身だからな。あんたらは若いんだから、たっぷり食べとくれ」

源吉の妻は八年前に亡くなったと聞いている。今は自家用の米を作りながらのんびり暮らしていた。

「後家さんだけのシェアハウスか……大変だろうけど、あんまり無理しなさんな。腰を痛めるぞ」

源吉はそう言い残して帰っていった。

未亡人だけのシェアハウスなので、力仕事を一手にまかされている。源吉の言うとおり、腰には充分気をつけたほうがいいだろう。

2

「今夜のキノコ、お口に合いますか？」

涼子が向かいの席から熱い眼差しを送ってきた。

「とってもうまいです」

純太は素直に告げるとキノコ料理を口に運んだ。

ここに来てから毎晩キノコづくしだ。なめこ汁、なめこと鶏皮のポン酢和え、なめこと厚揚げの煮物、それになめこの炊きこみご飯も絶品だった。

「遠慮しないでお代わりして。純太が食べると思って多めに作ったんだから」

梓もやさしく声をかけてくれる。それならばと純太は炊きこみご飯をお代わりした。

「やっぱり男の子はたくさん食べるのね」

「いい食べっぷり……やっぱり若いっていいわ」

未亡人たちふたりが微笑を浮かべて見つめてくる。涼子も梓もなぜか顔を上気させていた。なにやら艶めいた表情に感じたのは気のせいだろうか。

熱い視線が照れ臭い。純太はふたりと目を合わせないようにして、とにかくもりもり平らげた。

「疲れがたまっているでしょう。片づけはいいから、先にお風呂に入ってください」

食事を終えると涼子が声をかけてくれた。

風呂は手が空いている者から順番に入ることになっている。純太は恐縮しつつ、一階の一番奥にある風呂場に向かった。

さっそく裸になって風呂場に足を踏み入れた。

贅沢な総檜風呂だ。家庭用のサイズだが、引き戸を開けたとたん、檜のいい香りが漂ってきた。

純太は風呂椅子に腰かけると、シャワーを頭から浴びて頭をガシガシ洗った。

「失礼します」

背後で引き戸が開き、涼子の遠慮がちな声が聞こえた。

「ど、どうしたんですか？」

風呂椅子に座っていた純太は、慌てて内股になってペニスを隠した。

「ボディソープが切れていたでしょう」

涼子が風呂場に入ってくる気配がする。いつもどおりの口調だが、純太は恥ずかしくて前だけを向いていた。

「そ、そこに置いておいてください」

「せっかくだから、背中を流してあげますね」

「い、いいえ、自分で——」

慌てて振り返るが、純太は凍りついたように固まった。

なぜか涼子は裸体に白いバスタオルを巻いていた。乳房にバスタオルの縁がめりこんで、柔らかくひしゃげている。しかもミニスカートのような状態で、太腿が付け根近くまで露出していた。

黒髪はアップにまとめて、首筋が露わになっている。頬をほんのり染めているのも色っぽい。淑やかな未亡人の意外すぎる姿だった。

「純太くんが来てくれて助かってるんです。だから、お礼がしたくて……」

涼子は背後でしゃがむと、檜の床に片膝をつく。そしてボディソープを手のひらにたっぷり取って、念入りに泡立てはじめた。

「お、お礼なんて——うわっ！」

左右の肩胛骨(けんこうこつ)に手のひらが直接触れてくる。とたんにヌルリと滑り、思わず声が漏れてしまった。

「このほうが、タオルを使うより肌にやさしいんです」

涼子は耳もとで囁き、純太の背中をゆったり撫でまわしてくる。両手で円を描きながら、ボディソープの泡を塗りつけてきた。

「そ、そんなこと……ううッ」

背筋に指先を這わされて、ゾクゾクする感覚を送りこまれる。かと思えば、不意打ちのように脇腹や腋の下をすっと撫でられた。

「くううッ」

「くすぐったいですか？」

もうまともに答える余裕はない。純太は身をよじりながら何度もうなずいた。

本当はくすぐったいだけではなく、異様な興奮が湧きあがっている。内腿で挟みこんだペニスは、すでに芯を通して棍棒のように硬くなっていた。

（ど、どうすれば……）

こんなことをされたら勃起するに決まっている。彼女の考えていることがまったくわからなかった。

やがて背中に双つの柔らかいものが触れてきた。手のひらではない。もっとふんわりとして、まるで綿菓子のように儚い感触だった。

もしやと思いながら横目で見やると、バスタオルが床に落ちていた。

（じゃ、じゃあ、やっぱり……）

涼子の乳房が背中に触れているに違いない。確信すると同時にペニスがさらに硬度を増して、内腿の間からブルンッと鎌首を振って飛び出した。

（うおっ、や、やばいっ）

そう思った直後、涼子の手が素早く伸びてくる。そして、泡だらけの指で太幹をやさしくつかんでいた。

「ぬううッ」

「ああっ、すごく硬いです」

溜め息まじりのつぶやきが耳の穴に吹きこまれる。それだけで男根がピクッと反応して、先端から透明な汁が溢れ出した。

「うッ、ううッ……りょ、涼子さん」

もう我慢汁がとまらない。なにしろ麗しい未亡人が男根に指をまわしているのだ。童貞には刺激が強すぎる。少しでもしごかれたら、瞬く間に射精してしまうだろう。

（も、もう……）

いっそのこと、このまま欲望をぶちまけたい。ところが彼女の手はすっと離れてしまった。

「体を流しますね」

涼子は桶で浴槽の湯を掬い、純太の肩にかけてくる。泡は洗い流されていくが、放置された欲望はふくれあがっていく一方だった。

「温まりましょうか」

涼子は自分の身体も流して立ちあがる。そのとき未亡人の裸身がまともに目に入った。

（おおっ、こ、これが……）

思わず腹のなかで唸っていた。

下膨れした乳房はボリューム満点で、まろやかな曲線を描いている。ふくらみの頂点には桜色の乳首が鎮座しており、ぷっくりと隆起していた。

匂い立つような女体とはこのことだ。腰はしっかりくびれて、むちむちの尻へとつづいている。平らな腹部には縦長の臍があり、こんもりした恥丘には濡れて黒々とした陰毛が貼りついていた。

ペニスはかつてないほど屹立している。太幹には青筋が浮かび、亀頭は破裂寸前まで張りつめていた。

「こっちに来てください」

導かれるまま檜の浴槽に足を浸ける。ふたりは立った状態で向き合った。

「純太くんのって、すごく大きいんですね」

涼子が男根を見おろしながらつぶやき、再びそっと握ってきた。

「も、もう……」

これ以上触られたら暴発してしまう。たまらず唸りながら訴えかけた。

「挿れたいのね」

涼子は背中を向けると腰を折った。そして両手を壁につき、熟れ尻をグッと突き出した。

（あっ……）

純太はたっぷり脂の乗った尻の狭間に視線を注いだ。

パールピンクの陰唇が見えている。ぽってりと肉厚の女陰が愛蜜で濡れ光っていた。はじめて女性の器官を生で目にして、頭のなかが熱く燃えあがった。

「あ、あの……お、俺……」

今すぐ挿入したいが、なにしろ経験が一度もない。だからといって、今さら童貞であることを白状するのも恥ずかしかった。

初体験が立ちバックとはハードルが高すぎる。涙目になってもじもじしていると、涼子がすっと手を伸ばして太幹を握ってきた。

「大丈夫です……ここに挿れてください」

どうやら童貞だと見抜いていたらしい。涼子はことさらやさしい口調で、亀頭を膣口まで導いてくれた。

「こ、ここですか?」

ペニスの先端が女陰にぴったり触れている。愛蜜でヌルヌル滑るが、涼子が後ろ手に支えてくれていた。

「そのまま、ゆっくり……はンンっ」

彼女の言葉に従い、腰をじわじわ押しつける。すると亀頭が二枚の陰唇を押し開き、ついに女壺のなかへと侵入を開始した。

「おっ……おおっ」

想像していたよりも抵抗がある。両手でくびれた腰をつかみ、股間を見おろしながらねじこんでいく。亀頭が完全に見えなくなると、あとは吸いこまれるように根もとまではまりこんだ。

「はあンっ、純太くんっ」

「くうッ、き、気持ちいいっ」

いきなり快感の波が押し寄せる。はじめてのセックスで未亡人の女壺を味わっているのだ。無数の膣襞が茎胴にからみつき、ザワザワと蠢くのがたまらなかった。

「す、すごいっ……ううぅッ」

本能のままに腰を押しつける。そして膣の最深部を亀頭の先端で圧迫した。

「あううッ、そ、そんなに奥まで……」

涼子が背筋を反らして喘ぎ声を振りまいた。

甘い声が風呂場に反響することで、ペニスに受ける快感も倍増する。ほとんど無意識に腰を振りはじめると、浴槽の湯がチャプチャプと音を立てた。

しかし、まったく経験のない純太のピストンはぎこちない。涼子も豊満な尻を前後に揺すって協力してくれた。

「そうよ、最初はゆっくり……ああっ」

「うああッ、も、もう出ちゃいそうですっ」

未知の快感が全身にひろがり、射精欲がこみあげている。膣道で擦られるたび、次から次へとカウパー汁が溢れ出した。

「あンっ、そう、もっと動かしてください」

涼子にうながされるまま腰を振る。彼女も尻を前後に振ることで、快感は二倍にも三倍にもふくれあがった。

「あッ……あッ……」

未亡人の鼻にかかった喘ぎ声が、牡の欲望を煽り立てる。純太は懸命に射精欲を抑えこみ、前屈みになって両手で乳房を揉みあげた。

「ああンっ、やさしくして……」

涼子に言われて慎重に指を沈みこませる。はじめて触れる乳房は、まるでプリンを素手でつかんでいるような感触だった。

(な、なんて柔らかいんだ)

腰を振りながら夢中になって乳房を揉みしだいた。

蕩けるほど柔らかく、それでいながら指をしっかり押し返してくる。不思議なことに乳房を揉んでいるだけで、ペニスに受ける快感が大きくなった。

「き、気持ち……ううッ」

「先っぽも触って……はンンッ」

乳首を摘みあげると涼子の反応が顕著になる。背中が弓なりに反り返り、膣道が急激に狭くなった。

「くおおおッ、も、もうダメですっ」

純太が訴えると、涼子は尻の動きを一気に速くする。ペニスが思いきり締めつけられて、絶頂の大波が急速に押し寄せてきた。

「ぬううッ、で、出ちゃうっ、くおおおおおッ！」

熱い媚肉に包まれながら、ついに欲望を爆発させる。根元まで挿入したペニスが脈動して、煮えたぎるザーメンを噴きあげた。

凄まじい快感が衝撃波となり、股間から脳天へと突き抜ける。童貞を卒業した感激と愉悦が混ざり合うなか、最後の一滴まで精液を放出した。

「あああッ、あ、熱いっ、はあああああああッ！」

涼子もよがり泣きを振りまき、女体を小刻みに痙攣させる。熱い粘液を注ぎこまれた衝撃で、彼女も軽い絶頂に達していた。

（お、俺……涼子さんと……）

たった今の出来事が信じられない。まさか涼子に筆おろしをしてもらうとは思いもしなかった。

もしかしたら淫らな夢を見ただけではないのか。

男根をズルリと引き抜くと、ぽっかり開いた膣口から白濁液が逆流してきた。

浴槽にポタポタと垂れ落ちるのを目にして、ようやく現実だったのだと理解した。

3

シェアルームは六畳で、壁際にベッドが置いてある。サイドテーブルのスタンドだけが、ぼんやりとした光を放っていた。

(ついに俺も大人の仲間入りだ)

純太は自分の部屋で横になったが、いっこうに寝つけなかった。

なにしろ風呂場で涼子とセックスしたのだ。腰を振っているときは無我夢中だったが、我に返って激烈な羞恥に襲われた。どうすればいいのかわからず、逃げるように自分の部屋に戻ってしまった。

今は童貞を卒業できた喜びと、涼子と関係を持ってしまった気まずさが胸に渦巻いている。彼女はどういうつもりで純太を誘ったのだろうか。

(それにしても……)

あれだけ大量に射精したのに、なぜか勃起が収まらない。ペニスは鉄塔のように屹立して、ボクサーブリーフとスウェットパンツの股間を持ちあげていた。初体験の興奮が尾を引いているのかもしれなかった。

――コンッ、コンッ。

ふいにノックの音が響いた。

サイドテーブルの時計を確認すると、午後十時になるところだった。

涼子が来たのではないか。しかし、どう接すればいいのかわからない。勃起も治まっていないので、はしたない男と思われるのがいやだった。

――コンッ、コンッ。

再びノックの音が聞こえるが、純太は寝た振りをしてやりすごすことにした。

ところが、ドアが静かに開いて、廊下の明かりが差しこんでくる。逆光になって顔は見えないが、誰かがそっと部屋に入ってきた。

「純太、寝ちゃったの?」

梓の声だ。やってきたのは涼子ではなく梓だった。

純太が狸寝入りしているにもかかわらず、梓はドアを閉めるとベッドのすぐ横までやってきた。

「紅茶を持って来たんだけど」

サイドテーブルにティーカップを置く音が聞こえる。しかし、なにか釈然としなかった。

（どうして、梓さんが？）

梓が紅茶を持ってくるのなど、これがはじめてだ。

疑問が湧きあがるが、とにかく今は勃起を知られたくなかった。毛布がかかっているので、寝た振りをつづければ見つかることはないだろう。

「本当に寝てるの？」

梓はベッドに腰かけると、毛布のなかにすっと手を入れてくる。なにをするのかと思えば、スウェットパンツの上から股間をつかんできた。

「ううっ」

こらえきれない呻き声が漏れてしまう。屹立した男根を握られたのだ。快感電流が背筋を駆けあがり、とてもではないが黙っていられなかった。

「ふふっ、やっぱり起きてるんじゃない」

梓がうれしそうに声をかけてくる。そして、布地ごと太幹にしっかり指をまわしてきた。

「あうっ、あ、梓さん……な、なにを……」

諦めて目を開けると、すぐそこに梓の顔があった。

ペニスをいたずらしながら、純太の顔をのぞきこんでいたのだ。スタンドの明かりに照らされて、彼女の瞳が妖しげな光を放っていた。

「純太が寝たふりするからいけないのよ」

梓は水色のパジャマを着ている。風呂に入ったらしく、全身からボディソープの甘い香りが漂っていた。

「ね、眠かったから……」

「あら、まだそんなウソをつくの？　下のほうもしっかり起きてるくせに」

梓が唇の端をニヤリと吊りあげる。顔立ちが整っているだけに凄絶な笑みとなった。

「ねえ、どうしてこんなに硬くなってるの？」

スウェットパンツごしに、強弱をつけて肉棒を握られる。そのたびに甘い刺激がひろがり、純太は腰を右に左にくねらせた。

「こ、これは、その……」

自分でもどうして勃起が収まらないのかわからない。やはり初体験の興奮が持続しているのだろうか。

「大丈夫よ。わたしが鎮めてあげる」

梓はそう言うなり、毛布を引き剝がしてしまう。さらにスウェットパンツとボクサーブリーフをいっしょに引きさげて、つま先から抜き取った。

「わっ……」

屹立したペニスが剝き出しになり、羞恥で顔が燃えるように熱くなる。どこかに隠れたくなるが、すぐさま太幹をつかまれて動けなくなった。

「ううっ、あ、梓さん」

直接触れられると、それだけで快感がじんわりひろがっていく。腰がぶるるっと震えて、先端から我慢汁が溢れ出した。

「こんなに張りつめて苦しそう。すぐ楽にしてあげる」

梓は肉胴に巻きつけた指をスライドさせる。先端から流れてくる我慢汁が潤滑油となり、太幹の表面をヌルヌルとしごかれた。

「ちょ、ちょっと待ってください」

慌てて腰をよじるが、彼女はいっこうにやめようとしない。リズミカルに指を動かして、男根に快楽を送りこんできた。

「こうすると気持ちいいでしょう」

「くううッ、そ、そんなことされたら……」

　自分でしごくのとは比べものにならない快感だ。すぐにでも達してしまいそうで、両足に力が入ってつま先までピーンッと突っ張った。

「我慢しなくてもいいのよ。イクところ見ててあげる」

　梓の言葉が刺激となり、男根がググッと反り返る。瞬く間に射精欲がふくらみ、亀頭の先端からザーメンが噴きあがった。

「で、出ちゃいますっ、くうううううッ！」

　白濁液が宙を舞い、自分の腹に落ちてくる。痺れるような愉悦がひろがり、手足の先まで小刻みに震えていた。

（梓さんの手で……ああ、気持ちいい）

　しみじみつぶやき目を閉じる。だが、彼女はまだペニスをつかんでいた。

「まだ硬いままね」

　梓のほっそりした指が、萎えることを忘れたペニスをしごいている。射精直後にもかかわらず、なぜか男根は硬度を保ったままだった。

（どうなってるんだ……）

　純太自身、なにが起こっているのかわからない。これほど勃起が持続したことはかつてなかった。

「今度はわたしも楽しませてもらうわよ」

梓は上半身を起こすと、パジャマのボタンを上から順に外しはじめた。

前がはらりと開いて、いきなりパンパンに張りつめた乳房が露わになる。涼子よりもひとまわり大きく、濃い紅色の乳首が屹立していた。

さらにパジャマのズボンとパンティも脱ぎ去り、膝立ちの姿勢になった。股間を彩る陰毛は小さな小判形に整えられている。もともと薄いらしく、恥丘に走る縦溝がうっすら透けていた。

腰がしっかりくびれているため、乳房と尻の大きさが強調されている。肉感的で日本人離れしたダイナミックな裸体だった。

「わたしは上に乗るのが好きなの。純太は動かなくていいからね」

梓が股間にまたがってくる。両足の裏をシーツにつけて膝を立てた格好だ。内腿を大きく開いた瞬間、濃厚な色合いの陰唇がチラリと見えた。

(あ、あれが、梓さんの……)

二枚の花弁がビラビラしており、いかにも経験が豊富そうだ。ペニスに触れたことで興奮したのか、愛蜜でぐっしょり濡れていた。

「ああっ、純太……」

梓は片手で太幹をつかみ、亀頭を女陰に押し当てると腰をゆっくり落としてくる。膝を大きく開いているため、ペニスが入っていく様子をはっきり観察できた。

（お、俺のチ×ポが……おおおッ）

純太は目を見開き、決定的瞬間を網膜に刻みこんだ。

二枚の陰唇を巻きこむようにして、亀頭が割れ目に埋没する。膣のなかから透明な汁が溢れ出し、淫らな蜜音が響き渡った。

「はンンっ、か、硬い……硬くて太いわ」

梓の顎が跳ねあがり、半開きの唇からうわずった声が溢れ出す。膝を左右に開いた状態でさらに尻を落とし、やがて屹立したペニスが根元まで収まった。

「くううッ……」

いきなり膣襞がからみつき、太幹をこれでもかと絞りあげてくる。凄まじい締めつけだが、愛蜜の量が多いのでヌルヌル滑る感触も強かった。

「たまらないわ……ああンっ」

梓は両手を純太の腹に置くと、膣と男根を馴染ませるように腰をねっとりまわしはじめる。すると股間からクチュッ、ニチュッと卑猥な音が聞こえてきた。

「ううッ、き、気持ち……いい」

たったこれだけで射精欲がこみあげてしまう。それでもなんとか耐え忍ぶと、彼女は腰を上下に振りはじめた。

「あっ……あっ……太いから擦れるの」

梓の唇からうっとりした声が溢れ出す。自分の腕で中央に寄せられた乳房が、腰を振るたびにタプタプと誘うように波打った。

「あ、梓さん……き、気持ちいいです」

純太は呻きながら両手を伸ばした。目の前で揺れる乳房に触れると、慎重に指を沈みこませていく。涼子に教えられたことを思い出して、できるだけやさしく双乳を揉みしだいた。

「はあンっ、そうよ、乳首も触って」

言われるまま、人差し指と親指で双つの乳首を摘みあげる。こよりを作るようにクニクニ転がせば、梓は腰をよじらせて嬌声を振りまいた。

「ああッ、い、いいっ、あああッ」

腰の上下動が激しくなる。豊満なヒップを思いきり打ちおろし、肉柱をリズミカルにしごきはじめた。

「そ、そんなにされたら……ぬううッ」

またしても射精欲がふくれあがる。手でしごかれて射精した直後にもかかわらず、欲望はとどまるところを知らなかった。

「思ってたとおりよ、あああッ、すごいわ」

梓の喘ぎ声が大きくなる。彼女も高揚しているのか、大股開きのはしたない格好で腰を振りまくった。

「おおおおッ、も、もうっ、もうダメだっ」

「あああッ、いいいっ、あああッ、いいわっ」

純太の呻き声と梓のよがり声が交錯する。ふたりの興奮が重なることで、快感はよりいっそう大きくなった。

「おおおおッ、ぬおおおおおおおッ!」

頭のなかで閃光が走り、絶頂の大波に呑みこまれる。ペニスが脈動して、沸騰したザーメンが勢いよく尿道を駆け抜けていく。先端から飛び出すときは、魂が蒸発するかと思うほどの悦楽が全身にひろがった。

「ひあああッ、い、いいいっ、イクッ、イクうううッ!」

牡の欲望をすべて膣奥で受けとめた梓は、あられもない嬌声を振りまいて昇りつめた。女体を感電したように痙攣させ、射精中のペニスを思いきり絞りあげた。

（す、すごい……なんて気持ちいいんだ）

二度目のセックスは全身が蕩けるような快楽だった。

純太はベッドで仰向けになり、騎乗位で射精する愉悦に酔いしれた。

4

翌朝、目が覚めると純太はベッドにひとりだった。

「やばっ……」

時刻はすでに午後四時をまわっていた。窓から差しこむ日の光が傾きかけている。慌てて飛び起きると、急いで服を身に着けた。

恐るおそる一階におりていく。寝坊するにもほどがある。とにかく誠心誠意、謝るしかなかった。

「涼子さん？」

リビングをのぞくが誰もいない。それどころかシェアハウス全体がシーンと静まり返っていた。涼子も梓も出かけているのだろうか。

「おーい！」

そのとき玄関から声が聞こえた。慌てて向かうと、キノコ入りの段ボール箱を抱えた源吉の姿があった。

「またたっぷり採れたぞ」

「いつもすみません……」

「なんだ、兄ちゃん。寝不足かい？」

源吉が段ボール箱を手渡しながら、純太の顔をのぞきこんでくる。そして、なにかを悟ったようにうなずき、眉間に深い縦皺を刻みこんだ。

「兄ちゃんも運が悪い。今年はゴケダケが豊作じゃ。いつまで持つか……」

源吉はなぜか憐れむように言うと、そそくさと帰ってしまった。

（ゴケダケ……これ、なめこじゃないのか？）

段ボール箱のなかで、大量の茶色いキノコがヌメ光っている。てっきり野生のなめこだと思いこんでいた。

「あら、純太くん」

涼子と梓が帰ってきた。村で唯一の商店に行ってきたらしく、ふたりとも手に買い物袋をぶらさげていた。

「す、すみません、寝坊してしまって」

　純太はすぐさま腰を九十度に折った。きつい言葉も覚悟していたが、意外にもふたりは楽しげに笑っていた。

「疲れてるんだからいいのよ。そんなことより、ウナギが手に入ったの。純太も食べるでしょ」

　梓がご機嫌な様子で語りかけてくる。隣では涼子がなぜか頬を赤らめていた。

「は、はい、ウナギは好きですけど……あっ、これ源さんにいただきました」

　段ボール箱のキノコを見せると、ふたりの瞳が輝きはじめる。毎日食べているのに、秋の味覚というのはそんなにうれしいものだろうか。

「すぐにご飯の支度をしますね。純太くんはリビングで休んでいてください」

「でも、俺、今日はなにもしてないから……」

「純太はこれから大事な仕事があるんだから、よけいな体力は使わないの」

　よくわからないが、ふたりに説得されてリビングのソファで夕飯を待つことになった。

　ほどなくして夕飯が運ばれてきた。

　テーブルいっぱいに料理が並んでいる。ウナギの蒲焼きにキノコの天ぷら、味噌汁や和え物にもキノコがたっぷり使われていた。

　純太の両隣に未亡人が座った。左右から熟れた女体がぴったり密着しており、どうにも落ち着かなかった。

「そ、そうだ、源さんに聞きましたよ。このなめこみたいなキノコ、ゴケダケっていうんですね」

　緊張をごまかそうと、純太はふたりに話しかけた。

　なめこにしては大きいと思っていたので、別のキノコだと聞いて納得した。

「この村だけに生えるめずらしいキノコで、最近は滅多に採れないの。でも、今年は豊作みたいでうれしいわ」

「へえ、そうなんですか」

　ゴケダケの料理を食べていると、なぜか体が熱くなってくる。しかも、股間がむずむずして、触れてもいないのにペニスがふくらんできた。

（や、やばい、今はダメだ）

　心のなかで念じるが、ジーパンの股間が硬く張りつめてしまう。すると、隣の梓が「ふふっ」と笑った。

「ゴケダケっておいしいでしょう」

なにやら艶っぽい表情で見つめられてドキリとした。

「え、ええ……お、おいしいです」

震える声で答えるが、今はそれどころではない。前屈みになり、なんとか股間を隠そうと必死だった。

「やっぱり、つづけて食べると効果が早いのね」

いったいなにを言っているのだろう。すると、今度は涼子が口を開いた。

「ゴケダケはミボウジンダケとも呼ばれているのよ。未亡人が若い男性に食べさせて、淋しいひとり寝をまぎらわせたのが名前の由来なの。だから後家茸の別名は未亡人茸」

「ミ、ミボウジンダケ……」

「強い催淫効果があるみたいで、体力のある男性だと一晩中収まらないの」

梓が楽しげにつぶやき女体を擦り寄せてくる。乳房が肘に当たり、柔らかくひしゃげていた。

そんなものを一週間も食べつづけていたというのか。どうりで精力絶倫になっているはずだった。

5

「今夜はわたしの部屋で楽しみましょう」

涼子に手を引かれて寝室に連れこまれた。

なぜか後ろから梓もついてくる。涼子は了解しているらしく、なにも言わなかった。

十畳ほどの部屋の中央にダブルベッドが置いてある。照明が煌々と灯るなか、立ちつくしている純太にふたりの未亡人がまとわりついてきた。

「な、なにを――んんっ」

純太の言葉は途中で遮られた。

涼子が唇を重ねてきたのだ。これが純太のファーストキスだった。柔らかい唇の感触に陶然となる。指一本動かせずにいると、舌が唇を割って口内に入りこんできた。

（りょ、涼子さんとキスを……）

口のなかで彼女の舌が蠢いている。純太の舌をチロチロとくすぐっていた。

ディープキスをしながらTシャツを脱がされて上半身裸になった。

　その間に梓がジーパンをおろしていく。男根はバットのように勃起して、ボクサーブリーフをさげられたとたん、勢いよく跳ねあがった。

「ああンっ、素敵」

　梓が屹立したペニスを目にして、感極まったような声をあげた。そして太幹に細い指を巻きつけてくる。純太の前でひざまずき、うっとりした様子で屹立したペニスに顔を寄せてきた。

「硬いわ……純太のこれ、すごく硬い」

「ちょ、ちょっと……」

「はあンっ、男の子の匂いがするわ」

　我慢汁が溢れて生臭いはずなのに、彼女はうれしそうに深呼吸を繰り返す。そして、ついには肉厚のぽってりした唇を亀頭にそっと押し当ててきた。

「ンっ……すごく熱くなってる」

「うわっ、な、なにを？」

　未亡人がペニスの先端に口づけしている。信じられない光景が、自分の股間で繰りひろげられていた。

「気持ちいいことしてあげる……はンンっ」

梓は舌を伸ばすと、本格的に亀頭を舐めはじめる。太幹の根もとに両手を添えて、我慢汁が付着するのも構わず舌を這いまわらせてきた。

「うわっ……うわああっ」

ペニスを舐められるのははじめての経験だ。想像以上の気持ちよさに、もう呻くことしかできない。彼女の舌先は繊細に蠢き、敏感な裏筋やカリの裏側を的確にくすぐってくる。反り返った肉柱がひくついて、先端から新たな我慢汁が溢れ出した。

「あ、梓さんっ、くううッ」

たまらず呻き声が漏れてしまう。すると涼子が乳首に吸いついてくる。唾液を塗りつけては前歯で甘噛みして、痛痒い快感を送りこんできた。

「りょ、涼子さんまで……」

「乳首も感じるでしょう」

涼子の言葉にうなずくと、梓も亀頭についばむようなキスをしかけてくる。熟れた未亡人ふたりがかりで愛撫されて、純太の頭のなかは一瞬で燃えあがった。

「まだまだ、これからよ」

梓は目を細めてつぶやき、熱い息を吹きかけながら亀頭をぱっくり咥えこんだ。

「おおおッ！」

柔らかい唇がカリ首に密着して、硬化した肉胴をズルズルと呑みこんでいく。梓の唾液と純太の我慢汁が混ざり合い、男根全体にまぶされる。ぬめる感触が脳髄までひろがり、理性がドロリと溶け出した。

（フェ、フェラチオされてるんだっ）

己の股間を見おろせば、梓がペニスを口に頬張っている。その光景を目にするだけで、射精欲の波が押し寄せてきた。

「くうッ」

とっさに奥歯を食い縛り、なんとか快感を抑えこむ。この夢のような時間を一秒でも長持ちさせたかった。

「純太くんの乳首、すごく硬くなってますよ」

涼子も愛撫を継続している。左右の乳首を交互にしゃぶり、舌先で転がしては甘噛みを繰り返していた。

「あふっ……むふっ……はむンっ」

ペニスを頬張った梓がゆったり首を振っている。唇で太幹をしごきつつ、口内では舌を使って亀頭をねぶりまわしてきた。

「と、溶けちゃいそうです……ううッ」

はじめてのフェラチオは、この世のものとは思えない快楽だった。しかも男根だけではなく乳首も同時に舐められている。もはや全身がトロトロになり、なにも考えられなくなっていた。

「ンッ……ンっ……」

梓が上目遣いに見つめながら、首の振り方を激しくする。唾液まみれの肉棒を唇でしごかれて、絶頂の大波が轟音を響かせながら押し寄せてきた。

「も、もうっ、おおおおッ、もうダメですっ」

純太が訴えると、梓はペニスを根もとまで咥えこんだ。そして唇で締めつけながら思いきり吸茎した。

「ぬおおッ、で、出る出るっ、くおおおおおおッ！」

ついに欲望が爆発する。頭のなかがまっ白になり、獣のような咆哮が轟いた。その間も涼子に乳首を舐められており、射精の勢いが倍増する。純太は全身を痙攣させて、未亡人の口のなかに大量の精液を注ぎこんだ。

「ンンンっ……すごいわ、こんなにたくさん」

梓はねばつくザーメンをすべて嚥下すると、ペニスから唇を離して潤んだ瞳で見あげてきた。

男根はまったく硬度を失っていない。太幹には青筋が稲妻状に浮かびあがり、ミシミシと音を立てるほど勃起していた。異様なほど欲望がふくらんでいる。これもきっとミボウジンダケのせいに違いなかった。

「ねえ、純太、そろそろ挿れたくなったでしょう」

梓が挑発的な言葉を投げかけてくる。そしてベッドにあがると、四つん這いになってヒップを高く掲げた。

「ああっ、わたしも欲しいです」

涼子もベッドに移動して、梓の隣で獣のポーズを取った。やはり熟れた尻を持ちあげると、誘うように左右に振り立てた。

「もう、どうなっても知りませんよ」

興奮しているのは純太も同じだ。早く挿入したくてたまらない。未亡人の穴にペニスを突きこみ、メチャクチャに腰を振りたくてたまらなかった。

純太はベッドにあがり、まずは梓の背後で膝立ちの姿勢になる。そして豊満なヒップを抱えこむなり、肉柱の切っ先を女陰の狭間に埋めこんだ。

「あううッ、い、いきなり……」

梓の背中が反り返る。膣口が瞬間的に収縮して、カリ首を思いきり締めつけてきた。

「これが欲しかったんですよね」

純太は容赦することなく、肉柱を一気に根もとまで叩きこんだ。蜜壺は充分に濡れており、果汁を溢れさせながら受け入れた。

「ミボウジンダケのせいですよ……ぬおおおッ」

最初から全開で腰を振る。肉の凶器と化したペニスを出し入れして、未亡人の女壺を掻きまわした。

「ああッ、は、激し……あああッ」

梓は両手でシーツを握りしめて、早くもよがり声をあげている。純太が腰を打ちつけるたび、尻たぶに痙攣を走らせて感じていた。

「おおッ……おおおッ」

くびれた腰を両手でつかみ、全力で腰を叩きつける。すると尻たぶが肉打ちの音を響かせて、ますます気分が盛りあがった。

「ああッ、ああッ、もうっ、ああッ、もうダメぇっ」

梓の唇から屈服の喘ぎ声が溢れ出す。絶頂が迫っているのは間違いない。それならばと純太はさらにギアを一段あげて、力強くペニスを抜き差しした。

「ぬおおおッ、俺も、もうすぐ……」

「はああッ、純太っ、来てっ、あああッ、来てぇっ」

これほどまでに求められたら男冥利につきるというものだ。純太は肉棒を根もとまで叩きこむと、最深部に向かってザーメンを放出した。

「おおおおッ、くおおおおおッ！」

「あああッ、い、いいいっ、イクッ、イクイクううッ！」

背骨が折れるのではと思うほど仰け反り、梓がアクメに達していく。熱い精液を膣奥に浴びて、あられもない嬌声を振りまいた。

ペニスを引き抜くと、梓は支えを失ったようにばったり倒れこんだ。あとはハアハアと乱れた呼吸を繰り返すばかりだった。

たっぷり放出したが、陰茎は硬度を保っている。まるで青竜刀のように反り返り、先端からは我慢汁を垂れ流していた。ミボウジンダケの効果は凄まじい。牡の欲望はまったく衰えていなかった。

「ああ、純太くん……わ、わたしも、お願いです」

涼子がかすれた声で懇願してくる。隣で梓が達するのを目の当たりにして、もう我慢できなくなったらしい。潤んだ瞳で振り返り、腰を淫らにくねらせた。

「すぐに挿れてあげますよ」

純太は涼子の背後に移動すると、亀頭を陰唇に押しつける。すると涼子は尻を突き出して、自らペニスを女壺に迎え入れた。

「はううッ、こ、これ、これが欲しかったのぉっ」

「ううッ、なかがグショグショですよ」

これなら遠慮する必要はない。純太は欲望のまま、勢いよく腰を振りはじめた。

「あッ、あッ、純太くんっ」

切れぎれの声をあげて涼子がペニスを締めつける。自然とピストンに力が入り、亀頭を膣奥に叩きつけた。

「こんなに締めつけて……くおおッ」

「あああッ、奥まで届いてますっ」

涼子は四つん這いの姿勢を保っていられず、シーツの上に突っ伏した。それでも純太は結合を解かずに覆いかぶさった。いわゆる寝バックの体勢になり、執拗にペニスを突きこんだ。

「涼子さんのなか、ウネウネしてます」

うなじにむしゃぶりつき、首筋を舐めまわしながら腰を振る。女壺は溶鉱炉のように熱くなり、肉柱をひたすら締めつけてきた。

「あううッ、こ、これ、すごいっ」

涼子はうつ伏せになったことで身動きできず、ただピストンを受けとめるだけになる。両手でシーツを掻きむしりながら、喘ぎ声を振りまくことしかできなかった。

「ああッ、はああッ、もうっ、もうっ」

「もうイキそうなんですね……おおおおッ」

純太も限界が近づいている。さらに体重をかけて男根をえぐりこませることで、亀頭を膣奥に叩きつけた。

「あうううッ、い、いいっ、奥がいいのっ」

普段は穏やかな涼子が、欲望を剝き出しにしてよがり声をあげている。熟れた女体はじっとり汗ばみ、女壺からは大量の華蜜が溢れていた。

「うううッ、出しますよ、涼子さんのなかに」

「だ、出してっ、ああッ、出してくださいっ」

彼女の声がきっかけとなり、根もとまで叩きこんだペニスが膣のなかで跳ねあがった。

「おおおッ、で、出るっ、ぬおおおおおおおッ!」

「ひあああッ、い、いいいっ、イクッ、イクうううッ!」

純太が射精すると同時に涼子もオルガスムスの嬌声を響かせる。深くつながったままドクドクと欲望汁を注ぎこめば、女体は凍えたように痙攣した。

しばらく折り重なった状態で、呼吸が整うのを待っていた。やがて男根をゆっくり引き抜くと、亀頭がブンッと天井に向かって跳ねあがった。

(すごい……何回でもできそうだ)

これほど己の男根を頼もしいと思ったことはない。純太は誇らしい気分になり、倒れこんでいる未亡人たちに再び挑みかかった。

翌日、シェアハウスに新たな未亡人がやってきた。

「こんにちは。お世話になります」

年のころは三十代半ばといったところだろう。夫を亡くしたショックから立ち直れていないのか、整った顔には悲しみの色が濃く滲んでいた。

「途中で会った村の方から、これをいただいたんです」

彼女はそう言って籠を差し出してくる。なかをのぞきこむと、そこには茶色くてヌメっとしたキノコがたっぷり入っていた。

「これはゴケダケといって、この村だけで採れるめずらしいキノコなんです」

純太は穏やかな笑みを心がけて説明するが、頬が微かにひきつるのを抑えられなかった。

未亡人が三人になったら、いったいどうなってしまうのだろう。昨夜も結局、明け方まで交わっていた。なにしろ勃起が収まらないのだ。いくら若いとはいえ体が持つか心配だった。

（ミボウジンダケが採れるのは秋だけだから……）

胸のうちで自分にそう言い聞かせる。その一方で期待と不安が交錯して、早くも股間が疼きだしていた。

初出一覧

「特選小説」に掲載されたものに、
加筆修正を施した。

マンションの穴	2018年8月号
性獣	2017年10月号
昔の女	2022年12月号
風鈴の家	2014年9月号
霧に濡れるふたり	2012年6月号
夜桜ワルツ	2015年5月号
未亡人だけ	2019年10月号

◉新人作品**大募集**◉

マドンナメイト編集部では、意欲あふれる新人作品を常時募集しております。採用された作品は、本人通知のうえ当文庫より出版されることになります。

【応募要項】 未発表作品に限る。四〇〇字詰原稿用紙換算で三〇〇枚以上四〇〇枚以内。必ず梗概をお書き添えのうえ、名前・住所・電話番号を明記してお送り下さい。なお、採否にかかわらず原稿は返却いたしません。また、電話でのお問い合せはご遠慮下さい。

【送付先】 〒一〇一-八四〇五 東京都千代田区神田三崎町二-一八-一一 マドンナ社編集部 新人作品募集係

未亡人だけ（みぼうじんだけ）

二〇二三年 六月 十日 初版発行

著者◉葉月奏太【はづき・そうた】

発行◉マドンナ社
発売◉二見書房
東京都千代田区神田三崎町二-一八-一一
電話 〇三-三五一五-二三一一(代表)
郵便振替 〇〇一七〇-四-二六三九

印刷◉株式会社堀内印刷所 製本◉株式会社村上製本所 落丁・乱丁本はお取替えいたします。定価は、カバーに表示してあります。
ISBN978-4-576-23062-7 ◉ Printed in Japan ◉ ©S.Hazuki 2023

マドンナメイトが楽しめる！ マドンナ社 **電子出版**（インターネット）……https://madonna.futami.co.jp/

Madonna Mate

絶賛発売中

訳あり人妻マンション

葉月奏太 HAZUKI,Sota

友人が留守の間だけ志郎が住むことになったタワーマンションの部屋は、実は訳あり物件だった。管理会社の奈緒の様子もどこかおかしく、引っ越し当日の夜から不思議な快感体験をしてしまう。実は男女関係のもつれからここで自殺した女性・愛華の霊が住みついていたのだ。だが、幸い愛華のおかげで、隣りの人妻や奈緒とも関係を持てることに……書下し官能。